Eric Geuchen

Die Turbokicker

Klasse 4 im Pokalfieber

Mit Illustrationen von Julia Ginsbach

KeRLE bei Herder

Freiburg · Wien · Basel

Die Schreibweise entspricht der neuen Rechtschreibung
Gedruckt auf umweltfreundlichem, chlorfrei gebleichtem Papier
Titelbild und Innenillustrationen: Julia Ginsbach, Blaubeuren

Reihenlayout und Umschlaggestaltung:
smp media schmidt + bonfig, Freiburg
Satz: Barbara Herrmann, Freiburg
Druck und Bindung: Freiburger Graphische Betriebe 2001
ISBN 3-451-70361-0

1. Ballgefühl

„Da bist du ja!“, sagte Henning ungeduldig zu Wolle, der mit einer Riesen-Eistüte über den Schulhof kam. Das Eis hatte er sich gerade beim Hausmeister gekauft.

Wolle war Hennings bester Freund. In der Pause spielten die beiden immer zusammen Blitzfußball. Dabei schossen sieeinen kleinen Tennisball abwechselnd so lange gegen die Schulmauer der Hotzenschule, bis einer von ihnen den Ball nicht mehr erwischte. Dann bekam der andere einen Punkt.

Beim letzten Mal hatte Wolle gewonnen. Und jetzt wollte Henning natürlich Revanche.

„Immer mit der Ruhe“, bremste Wolle seinen Freund. Aber dann stopfte er das Eis um so schneller in sich rein. Schließlich war jede Minute der großen Pause kostbar.

„Wir können", sagte er dann mit vollem Mund. Und Henning und Wolle legten los.

Mit einem Affenzahn flitzten die beiden umeinander herum und droschen den Ball gegen die Mauer. Henning war etwas kleiner als Wolle, aber mit den Beinen ungeheuer flink. Wolle war ein bisschen rundlich und nicht ganz so schnell wie Henning. Dafür hatte er einen ungeheuer harten Schuss.

Beim Spielstand von 5:4 für Henning donnerte Wolle den Ball so hart gegen die Wand, dass er nach dem Abprallen über den halben Schulhof flog – mitten zwischen die Seilchen springenden Mädchen. Henning sprintete hinterher.

„Du spinnst doch wohl!", kreischte Laura auf, als Henning sich den Ball schnappte. Der Ball war haarscharf an ihrem Kopf vorbeigeflogen. Laura ging wie Henning und Wolle in die 4B. Aber zum Glück saßen sie und ihre Freundin Natalie im Klassenzimmer ganz weit weg.

„Das melden wir Frau Sonnenbühl!", zeterte Natalie jetzt.

Aber Henning kümmerte sich gar nicht darum. Er machte nur kurz „Zick, zick" hinter ihrem Rücken und rannte zu Wolle zurück.

Mittlerweile hatten die Blitzfußballer Publikum bekommen: Acki und Steffen saßen oben auf der Mauer und baumelten mit den Beinen.

„Kommt ihr heute Nachmittag zum Kicken auf den Bolzplatz?", fragte Acki von oben mit seinem lustigen türkischen Akzent.

Der Bolzplatz war ein Rasenstück hinter der Schokoladenfabrik. Der Platz war zum Fußballspielen ideal. Bloß der Dornbach, der dort vorbeiplätscherte, war nicht so ideal. Denn da flog der Ball öfter rein.

„Klar komm ich!“, meinte Henning.

Aber Wolle sagte: „Ich kann nicht. Ich muss heute zum Flöten.“

Die zwei auf der Mauer sahen mitleidig auf ihn herab. „Schwänz doch einfach“, schlug Steffen vor.

„Geht nicht“, sagte Wolle mit einem unglücklichen Gesicht. „Ich bin ja erst einmal da gewesen. Letzte Woche hat die Musiklehrerin schon angerufen und gefragt, wieso ich dauernd fehle. Deswegen gab's zu Haus schon Zoff.“

Acki und Steffen tat Wolle einfach Leid. Gutes Wetter und dann nicht auf den Bolzplatz können? Das musste die Hölle sein!

„Außerdem wünscht sich meine Mutter von mir ein Geburtstagsständchen auf der Flöte – ‚Häppy Hobby‘ oder so ähnlich“, fuhr Wolle fort. „Und wenn ich heute nicht zum Flöten gehe, dann krieg ich das mit dem Ständchen nicht mehr hin.“

„Wann hat deine Mutter denn Geburtstag?“, fragte Henning.

„In genau einer Woche“, sagte Wolle. „Und bis jetzt kann ich gerade mal ‚Hänschen klein‘.“

Steffen war beeindruckt. Er hatte auch mal Flötenunterricht gehabt. Und er wusste: Wenn Wolle das noch schaffen wollte, dann musste er sich langsam auf den Hosenboden setzen!

Henning fand, sie hätten jetzt genug gequatscht. Er warf den Ball wieder gegen die Mauer und Wolle spielte ihn mit Schmackes zurück. Zack – zack – zack zischte der Ball hin und her.

Als es zum Unterricht läutete, hatte Henning einen grandiosen 10:6-Sieg eingefahren. Seine Ehre war wieder hergestellt.

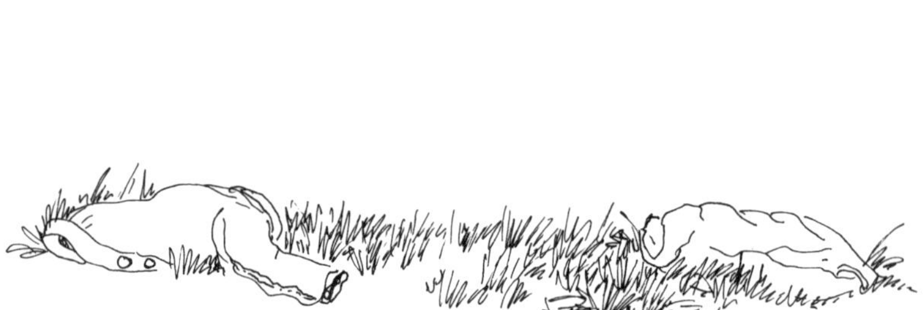

2. Volltreffer

Fünf Jungs trafen sich am Nachmittag auf dem Bolzplatz hinter der Schokoladenfabrik: Henning, Acki und Steffen – alle aus der 4 B. Außerdem Steffens großer Bruder Jan und sein Freund Mick. Die beiden gingen schon in die sechste Klasse und waren einen halben Kopf größer als die anderen.

Henning stand zwischen den beiden Jacken, die das Tor markierten. Auf dem Rasen vor ihm stolperten vier Jungs dem Ball hinterher. Aber der Ball änderte nicht mal seine Richtung. Gemächlich kullerte er auf den Dornbach zu. „Oh nein!“, stöhnte Henning auf.

Steffen sah nur ganz kurz zu Henning herüber. Aber der Moment reichte Acki aus, um endlich an den Ball zu kommen. Schon dribbelte er auf Hennings Tor zu. Dann holte er aus und donnerte den Ball mit voller Wucht aufs Tor. Die Kugel war drin. Henning konnte ihr nur noch hinterhergucken.

Henning legte einen Spurt hin um den Ball zu

erwischen. Als er keuchend zurückkam, entdeckte er Wolle bei den anderen auf dem Rasen.

„Mensch, Wolle!", begrüßte Henning ihn. „Ist das Flöten ausgefallen?"

„Nö", meinte Wolle schlecht gelaunt. „Es fängt gleich an. Ich wollte vorher nur mal kurz gucken kommen."

„Mist!", sagte Henning. „Uns fehlt noch genau ein Mann. Dann könnten wir zwei Mannschaften bilden und auf zwei Tore spielen."

„Wenn bloß das Geburtstagsständchen nicht wäre ...", stöhnte Wolle auf. „Ich würde sofort mitspielen."

Jan zuckte die Achseln. „Wird wohl nichts mit unserem sechsten Mann", meinte er. „Dann lass uns so weiterspielen."

Wolle überlegte. „Obwohl ... die Noten kann ich ja eigentlich ... C und H und G ... Vielleicht kann ich mir das Lied auch allein beibringen ..."

„Genau!", meinte Jan und klopfte Wolle aufmunternd auf die Schulter. „Du, Henning und ich gegen die anderen."

Schlagartig wurde Wolles Laune besser. Er rannte auf die andere Seite rüber und markierte das zweite Tor: Links mit seiner Tasche, rechts rammte er einfach die Flöte in den Boden.

„Dann kann's losgehen!", rief er seiner Mannschaft mit leuchtenden Augen zu. „Mit fliegendem Torwart, okay?"

Jan nickte und warf den Ball ein. Ganz kurz meldete sich noch mal Wolles schlechtes Gewissen. Ob er das Geburtstagsständchen wohl bis nächste Woche hinkriegte …? Aber da passte Henning ihm auch schon den Ball zu und Wolle dribbelte los. Er umspielte Mick und näherte sich dem gegnerischen Torwart, Steffen. Mit einem seiner berühmten harten Schüsse versenkte er den Ball im Tor. Steffen war zwar mit den Fingerspitzen drangewesen, aber der Ball war einfach zu hart gespielt und dazu noch sauber in die Ecke platziert.

„1:0!“, jubelten Henning und Jan. Wolle strahlte. So schnell er konnte, spurtete er zurück und machte sich bereit für den Gegenangriff …

Bei drei zu zwei war Seitenwechsel. Jetzt hatte Wolles Mannschaft auch noch Rückenwind.

Acki machte den Anstoß und Steffen zischte mit dem Ball ab, umdribbelte Henning und wollte Mick anspielen. Aber er hatte Wolle übersehen, der sich dazwischen warf.

Wolle sprintete mit dem Ball los, was das Zeug hielt. Er spürte genau, dass ihm der lange Mick ganz dicht auf den Fersen war. Also holte er im Laufen aus und setzte zu einem knallharten Weitschuss an. Und tatsächlich: Der Ball flog mit Karacho übers halbe Spielfeld und landete sauber abgezirkelt im herrenlosen Tor … oder fast im Tor.

Denn als Wolle den Ball holte, sah er die Bescherung: Er hatte seinen Mega-Schuss genau gegen den rechten Pfosten platziert. Auf der rechten Seite ragte nur noch der traurige Rest seiner Blockflöte aus dem Boden. Den oberen Teil hatte der Ball zackig abgesäbelt und in zwei Teile gespalten. Wolle fand sie nach einigem Suchen drei Meter hinter dem Tor.

Jetzt kamen auch die anderen angelaufen. „Astreiner Schuss!“, sagte Henning begeistert und verstummte, als er die zertrümmerte Blockflöte sah. „Au weia!“, entfuhr es ihm.

„Vielleicht kann man das kleben?“, sagte Wolle kläglich. Er hockte sich auf den Rasen und versuchte die Stücke wieder zusammenzusetzen.

Aber Henning sah gleich, dass da nichts mehr zu machen war.

Wolle hatte plötzlich einen Riesenkloß im Hals.

„Guck mal, hier ist noch ein Stück!“ Steffen hielt einen winzigen Holzsplitter hoch, den er im Gras gefunden hatte. Auch Acki, Jan und Mick begannen jetzt fieberhaft das Gras nach den winzigen Holzsplittern zu durchsuchen.

Doch Wolle winkte ab. „Nett von euch. Aber es hat keinen Zweck.“

Jan schlug Wolle aufmunternd auf die Schulter. „Trotzdem! Dein Schuss war allererste Sahne!“

Wolle grinste schief und nickte. Aber die kaputte Flöte lag ihm derart im Magen, dass er im Augenblick nicht mal mehr Lust auf Fußball hatte. Mit hängendem Kopf trottete er nach Hause.

3. Ben

„Was haben deine Eltern zu der kaputten Flöte gesagt?", fragte Henning Wolle am nächsten Morgen auf dem Schulhof.

„Gar nichts", entgegnete Wolle und hielt ihm die Schachtel mit den Mohrenköpfen hin, die er sich beim Bäcker gekauft hatte. „Auch einen?" Henning nickte und griff zu.

Genüsslich biss Wolle in den weißen, süßen Schaum. „Meine Eltern wissen noch gar nicht, dass die Flöte im Eimer ist", erzählte er mit vollem Mund. „Gestern Abend hatten wir Besuch von Papas Chef. Da hatten meine Eltern wirklich keine Zeit für solche Geschichten. Und als der Chef weg war, hatte Papa so gute Laune, dass ich noch bis zehn Uhr UEFA-Cup gucken durfte. Da konnte ich es ihm doch unmöglich sagen, oder?"

Das fand Henning auch. Und er fand, dass Wolle unverschämtes Glück hatte mit seinen Eltern: Seine eigenen Eltern waren nämlich der Ansicht, dass er unter der Woche nicht so lange und spät abends noch vor der Glotze hängen sollte.

„Nur Marina darf bei uns bis neun Uhr Fernsehen gucken", beschwerte er sich.

Marina war zwölf Jahre alt und Hennings ältere Schwester.

„Dauernd guckt Marina diesen doofen Musikkanal“, schimpfte Henning weiter. „Und wenn ich zwischendurch mal kurz auf Sport schalte, geht sie gleich petzen und ich muss ins Bett …“

Wolle fand das auch nicht gerecht. Da war es gut, dass er zu Hause der Älteste war. Die Zwillinge, Mattes und Britta, waren gerade mal fünf. Mit denen konnte man zwar auch nicht viel anfangen. Aber wenigstens kamen sie einem nicht in die Quere, wenn man Fußball gucken wollte.

Es klingelte zur ersten Stunde. Schnell verdrückte Wolle den letzten Mohrenkopf und ging mit Henning in die Klasse.

In der ersten Stunde hatte die 4 B Deutsch bei ihrer Klassenlehrerin, Frau Sonnenbühl. Heute kam Frau Sonnenbühl fünf Minuten zu spät. Sie brachte einen sehr blonden, sehr sommersprossigen Jungen mit in die Klasse.

„Ihr bekommt einen neuen Klassenkameraden“, sagte Frau Sonnenbühl, als es im Klassenraum endlich ruhig war. „Das ist Benedikt Rieger.“

„Ich heiße Ben“, brummelte der sommersprossige Junge.

„Also gut: Ben“, lächelte die Klassenlehrerin. „Ben geht ab heute in eure Klasse. Er ist vor kurzem mit seinem Vater aus Paris hierhergezogen. Er freut sich schon darauf, euch alle kennen zu lernen.“

Ben schnitt eine Grimasse. Eigentlich sah er nicht so aus, als würde er sich auf die 4B der Hotzenschule besonders freuen.

„Ich glaube, dass ihr euch sehr gut mit ihm vertragen werdet“, sagte Frau Sonnenbühl noch. Dann sah sie sich suchend in der Klasse um.

„Wolle, ich glaube, es ist am besten, du machst den Platz neben Henning frei und setzt dich neben Laura.“

Wolle blieb der Mund offen stehen. „Aber warum denn?“, meckerte er los. „Ich sitze hier am allerliebsten.“

Plötzlich verschwand das Lächeln aus Frau Sonnenbühls Gesicht. „Ich möchte darüber eigentlich nicht diskutieren“, sagte sie streng.

Wolle wusste nicht so genau, was diskutieren war, aber er vermutete, dass es so viel hieß wie „Schluss mit lustig“. Also murrte er etwas vor sich hin, packte seine Sachen zusammen und setzte sich neben Laura.

Laura griff sofort nach ihrem Mäppchen und baute es so auf, dass Wolle nicht auf ihre Tischseite rübersehen konnte.

„Gute Idee!“, zischte Wolle ihr zu. „Wollte ich nämlich auch gerade machen.“

Laura schnitt ihm eine Grimasse.

Ben nahm unterdessen neben Henning Platz. Er hielt ihm freundschaftlich die Hand hin: „Hay.“

Henning grinste schief und schlug ein, während Wolle vom anderen Ende der Klasse unglücklich herüberschielte.

Aber dann musste Ben gleich wieder nach vorn an die Tafel. Frau Sonnenbühl rollte die große Landkarte aus. Die, auf der auch das Meer drauf war und lauter fremde Länder. „Und jetzt zeig deinen neuen Freunden mal, wo das ist: Paris, die Stadt, wo du gewohnt hast", sagte Frau Sonnenbühl.

Ben nahm den Zeigestock. „Da", sagte er und zeigte auf einen Punkt, der gar nicht mehr in Deutschland lag, sondern ganz weit links, fast schon im Meer.

„Paris liegt in Frankreich", erklärte die Lehrerin dazu, „an dem schönen Fluss Seine." Sie lächelte, als würde es ihr eine große Freude machen, dass Paris an der Seine lag.

„Und jetzt erzähl deinen Freunden doch mal etwas über dein Leben in Paris", sagte sie zu Ben. „Wo habt ihr gewohnt? Wo bist du zur Schule gegangen? Was hat dein Vater dort gemacht ...?"

Ben nickte. Dann begann er die Fragen von Frau Sonnenbühl eine nach der anderen zu beantworten.

Er hatte mit seinem Vater drei Jahre in einer Mietswohnung am Stadtrand von Paris gewohnt. Er war in eine deutsche Schule gegangen. Sein Vater hatte in Paris als Modefotograf gearbeitet und jetzt einen Job als Fotograf bei der Zeitung.

„Darf ich jetzt auf meinen Platz zurück?", fragte Ben, als er mit den drei Fragen fertig war.

Frau Sonnenbühl guckte ein bisschen enttäuscht, dass Ben so schnell am Ende war. „Und das tägliche Leben?“, bohrte sie nach. „Die Menschen? Das gute Essen ...?“

Ben zuckte mit den Schultern. „Alles so wie hier“, sagte er und wollte sich wieder setzen.

Aber da schoss Lauras Finger in die Luft. „Dein Vater war Modefotograf in Paris?“, fragte sie mit glänzenden Augen.

„Klar“, nickte Ben.

„Hat er denn auch Claudia Schiffer fotografiert?“

Ben nickte.

„Und Brittney Spears?“, platzte jetzt Natalie heraus.

Ben nickte.

„Boh!“, staunten die Mädchen.

Henning und Wolle warfen sich einen viel sagenden Blick zu. Die Mädchen fanden den Neuen klasse, das merkte man gleich. Was war das schon? Modefotograf! Ja, wenn Bens Vater Hubschrauberpilot gewesen wäre! Oder Fußballtrainer!

Jetzt hatte Frau Sonnenbühl noch eine Frage. „Kannst du für uns etwas auf Französisch sagen?“, bat sie den Neuen.

Erst wollte Ben nicht. Aber dann sagte er doch was: „Schä plü sonvie a fähr le ginjoll pur vu, Madamm.“ Es hörte sich so an, als würde er sich beim Sprechen die Nase zuhalten.

„Und was heißt das?“, wollte die Lehrerin wissen.

Auf einmal bekam Ben richtig gute Laune. „Ich freue mich, in Ihre Klasse zu kommen", übersetzte er grinsend.

Frau Sonnenbühl strahlte den Neuen an. „Danke schön, Ben!"

Endlich durfte er sich setzen.

Ben grinste immer noch. In Wirklichkeit hieß der Satz nämlich so etwas wie: „Jetzt habe ich langsam keine Lust mehr, für Sie den Kasper zu machen, Frau Lehrerin!" Es war manchmal gut, wenn man Französisch konnte!

Wenn man beim Läuten blitzartig aufsprang und im Flur das Treppengeländer hinunterrutschte, reichte die Fünf-Minuten-Pause aus, um bequem ein paar Runden Blitzfußball zu spielen. Aber heute hatten Henning und die anderen etwas Wichtigeres vor.

„Wir haben einen neuen Lehrerliebling!", lästerte Steffen und schwang sich auf die Mauer.

„Und ich muss mich wegen dem auch noch von Henning wegsetzen!", sagte Wolle finster.

Henning legte Wolle den Arm um die Schulter. „Ich sitze auch viel lieber neben dir", tröstete er seinen Freund.

„Laura leiht mir doch niemals ihr Heft, wenn ich die Hausaufgaben vergessen habe", unkte Wolle.

„So was tun eben nur echte Freunde", nickte Henning.

„Und einen neuen Mädchenschwarm haben wir auch", sagte Acki. Durch die große Glastür kam nämlich gerade Ben mit Laura, Natalie und Erika auf den Pausenhof. Die Mädchen redeten aufgeregt auf ihn ein und kicherten albern.

Als der Neue Henning und die anderen an der Mauer entdeckte, ließ er die Mädchen stehen und kam zu ihnen rüber.

„Na? Lehrerliebling!“, rief Wolle ihm entgegen.

Ben sah ihn erstaunt an. „Was soll das denn?“, fragte er.

Acki hielt sich die Nase zu und sagte zu dem Neuen: „Oink, oink, oink, oink, oink, madamm.“

Die Jungen lachten brüllend. Das hörte sich total französisch an.

Jetzt hielt sich auch Henning die Nase zu und machte: „Oink, oink, oink …“ Ramms! Da hatte er sich plötzlich eine Ohrfeige gefangen. Henning hielt sich die Backe.

Ben verschränkte die Arme. „Mein Vater ist nämlich nicht nur Fotograf. Außerdem ist er Kickboxer“, sagte er. „Und manchmal zeigt er mir ein paar Tricks.“ Damit machte er auf dem Absatz kehrt und ging ins Schulgebäude zurück.

Die fünf Jungen sahen ihm verdutzt hinterher. Vielleicht war der Neue ja doch nicht solch ein Warmduscher, wie sie zuerst gedacht hatten …

4. Tolle Neuigkeiten

In der fünften Stunde hatte die 4B Sport. Der Sportlehrer, Herr Schnürschuh, kam in die Jungenumkleide und sagte: „Heute gehen wir auf den Sportplatz."

Da zogen sich alle noch viel schneller um. Auf dem Sportplatz durften sie nämlich Hochsprung auf der dicken Matte üben oder schwere Kugeln weit werfen ... Wolle konnte das besonders gut. Er warf die Kugeln immer am weitesten.

Als die Jungen auf den Sportplatz kamen, staunten sie nicht schlecht. Herr Schnürschuh stand mitten auf dem Rasen. Er war gerade dabei, acht Fahnenstangen schnurgerade hintereinander in den Boden zu rammen. – In den heiligen Rasen! Sonst durften die Schüler den Rasen nicht mal betreten! Herr Egerling, der Hausmeister, konnte es nämlich gar nicht leiden, wenn das Gras platt getreten wurde. An beiden Enden des Platzes standen heute zwei kleine Tore.

Herr Schnürschuh rief die Jungs zusammen. Dann nahm er einen seltsamen Eimer in die

Hand und hielt ihn so hoch, dass ihn alle sehen konnten. „Das habe ich nämlich vor zwei Wochen auf dem Schulspeicher entdeckt", strahlte er.

Wolle und Henning verstanden nicht ganz, worüber sich der Lehrer so freute. Dieses scheußliche Ding aus Metall und Plastik war nun wirklich keine Ansprache wert!

Der Lehrer räusperte sich und machte plötzlich ein ganz wichtiges Gesicht. „Ihr wisst ja vielleicht, dass es früher an der Hotzenschule ein Fußballmatch zwischen den vierten Klassen gegeben hat."

Auf einmal war es mucksmäuschenstill, denn alle spitzten plötzlich die Ohren.

„Die Schüler von damals spielten um den Herbstpokal", fuhr Herr Schnürschuh fort und zeigte auf den Eimer. „Ebendiesen Herbstpokal habe ich wiedergefunden. – Ihr seht ihn vor euch. – Am Freitag in acht Tagen ..."

Was Herr Schnürschuh dann sagte, konnte keiner mehr verstehen. Es ging in dem allgemeinen Gejohle unter.

„Super, Mann! Ein Pokalspiel!", brüllte Wolle Henning zu und klopfte ihm aufgeregt auf den Rücken.

„Gegen die 4 A", schrie Henning mit leuchtenden Augen. „Du, da müssen wir megamäßig trainieren ...!"

„Logo!", brüllten Acki und Steffen und klatschten Henning und Wolle ab.

Die Jungs aus der 4 A waren echte Gegner,

denn sie kickten auch nicht schlecht. Das wussten Henning und Wolle, weil die aus der A auch manchmal auf den Bolzplatz kamen. Aber normalerweise spielten die anderen auf dem Sudermannplatz im Friesenviertel. Da wohnten nämlich die meisten von ihnen.

Herr Schnürschuh musste ziemlich lange warten, bis es endlich wieder so ruhig war, dass er weitersprechen konnte. Dann erklärte er den Schülern, was er und der Direktor sich ausgedacht hatten:

Das Spiel sollte nach der großen Pause hier auf dem Rasenplatz stattfinden. Beim Match sollten sechs Schüler aus der 4 B gegen sechs aus der 4 A kicken. Die Spieldauer würde 2 mal 20 Minuten betragen.

„Die Spieler, die eure Klasse bei dem Match vertreten, sollt ihr nächste Woche selbst aufstellen“, beendete Herr Schnürschuh seinen Vortrag. „Aber jetzt wird erst mal trainiert. Wir üben heute ein bisschen Kondition und Ballgefühl. Den Rest der Stunde spielen wir Fußball.“

Dann zog der Lehrer eine richtige Schiedsrichter-Trillerpfeife aus seiner Hosentasche. „Los geht's!“, rief er. Und dann mussten die Jungen über den Platz rennen, wie sie noch nie gerannt waren. „Aufstehen! Hinlegen! Aufstehen! Hinlegen! Aufstehen! Hinlegen!“, kommandierte Herr Schnürschuh dazu.

Nach fünf Minuten hatten alle puterrote Köpfe vor Anstrengung.

Herr Schnürschuh blies auf seiner Trillerpfeife. „Und jetzt Gymnastik!“, kommandierte er. Henning zog ein Gesicht. Gymnastik! Das machte sonst nur seine Mutter, abends vor dem Fernseher. Das war doch nichts für Fußballer!

Andererseits: Herr Schnürschuh war Torwart im Fußballverein. Und wenn er diesen ganzen Kram mit ihnen machte, dann gehörte das wohl zu einem richtigen Training dazu.

Also setzten sich die Jungen auf den Rasen. „Beine spreizen!“, erklärte der Lehrer. „Und mit der Nase auf die Knie: rechts, links, Mitte, rechts, links, Mitte.“

Henning ächzte. Gymnastik war ja richtig anstrengend! Und bei seiner Mutter sah das alles immer so leicht aus!

Die Schüler atmeten auf, als Herr Schnürschuh endlich den Ball vom Spielfeldrand holte. Aber wenn sie gedacht hatten, jetzt könnten sie mit dem Kicken loslegen, dann hatten sie sich geschnitten. Herr Schnürschuh war mit seinem Trainingsprogramm nämlich noch lange nicht fertig.

Erstmal war Slalomdribbeln an der Reihe. Der Lehrer machte es vor: „Den Ball immer eng am Fuß führen, und dann den ballführenden Fuß wechseln: rechts links, rechts, links …“ Mit einem Affenzahn dribbelte er durch die Slalomstangen und zurück. Die Jungen staunten.

Als Herr Schnürschuh zweimal durch die Slalomstangen durch war, liefen ihm dicke Schweißperlen die Wangen herunter. Es sah fast so aus, als ob er weinte. „Jetzt ihr“, keuchte er und zückte eine Stoppuhr.

Wolle war als Erster dran. Und auf das Kommando „Los!“ dribbelte er um die Stangen, was das Zeug hielt. Aber das war gar nicht so einfach. Schon bei der dritten Stange verlor er den Ball. Denn immer, wenn er den Fuß wechselte, machte der Ball, was er wollte.

Wolle zog ein Gesicht, als er zurückkam. Aber dann sah er, dass es Henning und den anderen auch nicht viel besser erging. Von rechts um die Stange klappte prima, aber von links hüpfte der Ball fast allen vom Fuß.

„Ihr seht, dass ihr an der Ballführung noch was tun müsst“, sagte Herr Schnürschuh.

Ben dribbelte als Letzter. Henning und Wolle stießen sich an und grinsten. Jetzt sollte der Mädchenliebling mal zeigen, was er draufhatte!

Aber dann kriegten sie ganz große Augen: Ben schob den Ball mühelos von rechts nach links durch die Stangen. Er hatte nicht die geringsten Probleme damit, die Füße abwechselnd zu benutzen. Und als er wieder zurück war, hatte er die beste Zeit.

„1 A“, sagte Herr Schnürschuh und blickte zufrieden auf seine Stoppuhr. „So soll es aussehen, wenn ihr es richtig macht.“ Dann wandte er sich an Ben. „Du bist doch bestimmt Linksfüßer?“

Ben nickte.

„Ein wichtiger Mann für jede Mannschaft“, erklärte Herr Schnürschuh der Klasse. „Ein Links-

füßer auf der linken Seite des Spielfelds ist Gold wert."

Eigentlich hätten Wolle und Henning sich freuen sollen, so einen guten Spieler in ihrer Klasse zu haben. Aber es passte ihnen nicht, dass Ben so gut war. Lieber hätten sie gesehen, wenn er wie ein Knickei um die Stangen herumgeholpert wäre.

„Macht auch nichts", raunte Wolle Henning zu. „Wann muss man beim Spiel schon um idiotische Stangen herumdribbeln?"

Danach sollten die Schüler sich in zwei Reihen rechts und links vor dem Tor aufstellen. Von dort aus sollten sie den Ball ins Tor schießen. Und diesmal waren die Jungs echt beeindruckt von ihrem Lehrer. Denn wie die Bälle auch angeflogen kamen: Herr Schnürschuh fischte alle aus der Luft: Ackis Schuss, Hennings, Steffens ... Mit einem Siegerlächeln warf er die Bälle wieder zurück. Und diesmal schwitzte er nicht mal.

„Ist der etwa Torwart im Verein?“, fragte Ben erstaunt. Wolle, der neben ihm stand, sah ihn nur stumm von oben bis unten an und drehte ihm den Rücken zu. Leute, die seinem besten Freund auf die Backe schlugen, strafte er mit Verachtung. Das sollte der Neue gleich kapieren.

Jetzt war Wolle an der Reihe. Er legte sich den Ball zurecht, nahm Anlauf und drosch ihn mit voller Kraft Richtung Tor. Herr Schnürschuh hechtete nach dem Ball, bekam ihn kurz vor der Linie zu fassen und plumpste dann mitsamt dem Ball rückwärts ins Netz.

„Sauber, Wolle!“, schrien Henning und Steffen begeistert auf.

Herr Schnürschuh rappelte sich mühsam wieder auf. „Na ja, der war drin“, musste er zugeben und hielt sich das schmerzende Hinterteil.

Endlich kam das Kicken dran. Herr Schnürschuh holte blaue und gelbe Bänder vom Spielfeldrand. Die Jungen sollten sich die Bänder quer über die Schulter streifen, damit man die Mannschaften auseinanderhalten konnte.

Henning und Wolle bekamen beide Blau. Acki, Steffen und Hermann spielten bei den Gelben mit.

Und dann bekam Ben auch noch ein blaues Band. „Ausgerechnet!“, meckerte Henning los. Aber da pfiff Herr Schnürschuh das Spiel auch schon an.

Henning und Wolle machten richtig Dampf. Sie hatten gerade mal noch zehn Minuten bis zum

Gong. Das war höllisch kurz! Wenn man da Sieger werden wollte, musste man von Anfang an auf Tempo spielen und vollen Einsatz bringen.

Leider sahen die Gelben das genauso. Henning war mit dem Ball schon kurz vor dem Tor. Aber Acki und Steffen hatten sich in einem granatenmäßigen Sprint vor ihn gesetzt. Acki schlug Henning den Ball weg.

Und jetzt wetzten die Gelben. Aber auch sie kamen nicht bis zum Tor durch. Die Blauen spurteten einfach an ihnen vorbei und bauten sich mit der kompletten Mannschaft in der Abwehr auf. Ein ungenauer Pass, und schon waren die Blauen wieder in Ballbesitz.

So ging das die ganze Zeit hin und her. Keine Mannschaft gab sich eine Blöße, die für die anderen eine Torchance ermöglicht hätte. Jetzt hatte Steffen wieder den Ball und stürmte auf das Tor von den Blauen.

Da kam Ben plötzlich von hinten, grätschte Steffen leicht durch die Beine – und war im Ballbesitz! Sofort düste er mit dem Ball los über die Mittellinie zum gegnerischen Tor. Steffen war so überrascht, dass er dem Ball nicht hinterhersprintete. Aber zwei andere Gegenspieler setzten Ben sofort nach.

Ben versuchte den Ball trotz des Tempos, das er vorlegte, ganz eng am Fuß zu führen. Das Spiel war in der zehnten Minute! Die letzte Chance auf ein Tor!

Da sah Ben plötzlich, dass Henning rechtsaußen vor dem Tor freistand. Er holte aus und schoss den Ball mit voller Wucht, mitten zwischen den beiden Gegenspielern hindurch, Henning genau vor die Füße.

Henning überlegte nicht lang, sondern versenkte den Ball unhaltbar in der linken oberen Ecke. „Ding, dong, dong!“

„Tor!“, brüllten die Blauen los und stürzten sich auf Henning. Wolle drückte seinen Freund so fest, dass Henning ganz rot wurde und zu japsen anfing. Herr Schnürschuh pfiff das Spiel ab. „Schluss für heute!“

Da sahen Wolle und Henning aus den Augenwinkeln, dass Ben vom Spielfeld ging. Er trottete ganz allein zur Umkleide. Dabei war *er* es doch gewesen, der die Vorlage zu dem Entscheidungstreffer gegeben hatte!

Wie der Blitz spurteten Wolle und Henning ihm hinterher. „Super Pass, Mann!“, sagte Henning, als sie Ben eingeholt hatten.

„Genau!“, sagte Wolle.

Ben grinste ein bisschen verlegen. „Super eingelocht!“, sagte er dann zu Henning.

„Du musst bei dem Pokalspiel unbedingt mitspielen“, bemerkte Wolle. „Dann haben wir den Sieg fast schon in der Tasche.“

Ben nickte. „Kein Problem!“ Dabei strahlte er übers ganze sommersprossige Gesicht.

5. Schützenhilfe

Es war ja wohl klar, dass Wolle und Henning Ben fragten, ob er am Nachmittag mit auf den Bolzplatz kam. Und genauso klar war, dass Ben totale Lust darauf hatte.

Insgesamt acht Jungs aus der 4 B tauchten heute auf dem Bolzplatz hinter der Schokoladenfabrik auf.

Als später Jan und Mick noch dazukamen, spielten sie fünf gegen fünf: Henning, Wolle, Steffen, Acki und Ben gegen Hermann, Leo, Max und die beiden Großen.

Und es war der Wahnsinn: Henning und seine Leute waren den anderen deutlich überlegen. Und das, obwohl sie die beiden aus der Sechsten gegen sich hatten! Das hatte es noch nie gegeben!

Henning, Wolle und Ben umspielten die Großen einfach mit geschickten Pässen und machten so ihre Tore. Noch eins und noch eins … Fast kam es den dreien vor, als hätten sie schon immer zusammengespielt.

Gerade war Henning im Ballbesitz und dribbelte aufs Tor zu. Da kam Jan mit Riesenschritten auf ihn zu und griff ihn an. Schnell schlug Henning den Ball nach linksaußen auf die andere Seite des

Spielfeldes. Dort stand Ben, aber direkt neben ihm befanden sich zwei Gegenspieler. Er hatte so gut wie keine Chance an den Ball zu kommen.

Doch da nahm Ben den Ball mit dem Fuß einfach aus der Luft an, quasi volley, und lenkte ihn direkt ins Tor.

„Mensch, super!", schrien Henning, Wolle und die anderen auf, spurteten zu Ben und klopften ihm so feste auf den Rücken, dass er husten musste.

Der Torwart schoss den Ball wieder weit aufs Spielfeld, wo er von dem Rothaarigen aus der Gerberstraße angenommen wurde. Steffen flitzte herbei, jagte ihm den Ball ab und passte ihn zurück vor das gegnerische Tor. Das Leder landete genau zwischen Mick und Wolle. Aber Wolle war als Erster am Ball. Er umspielte Mick, der auf ihn zurannte, witschte um zwei andere Gegenspieler herum und passte zu Ben. Der gab das Leder weiter an Henning, der sich linksaußen freigelaufen hatte. Henning setzte an und versenkte das Leder im Tor. Volltreffer!

„Klasse, Mann!", schrien Wolle und Ben auf und drückten Henning ganz fest. Aber schon rannten die Jungs wieder los, um den nächsten Konterangriff abzuwehren.

Nicht mal der megamäßige Wolkenbruch, der plötzlich einsetzte, konnte den Siegeszug von Henning, Wolle und Ben stoppen. Erst als die beiden Torwarte sich weigerten, sich weiterhin in die riesigen Pfützen zu werfen, die vor den Toren entstanden waren, brachen die Jungs das Spiel ab.

Über und über mit Schlamm bespritzt, aber mit strahlenden Gesichtern trotteten Henning und Wolle nach Haus. Mit so einer Mannschaft, wie sie eine waren, würde das Pokalspiel am nächsten Freitag der absolute Knaller werden! Das stand ja wohl fest!

Als Frau Sonnenbühl am Donnerstag in die Klasse kam, hatte sie einen Riesenstapel Hefte auf dem Arm. „Wir schreiben heute eine Deutscharbeit", lächelte sie und warf ihre Tasche mit Schwung aufs Pult. „Es geht um schwierige Wörter mit ss und ß. Und: Tuwörter, Namwörter und Wiewörter."

Sofort schnellte Bens Finger in die Höhe. „Frau Sonnenbühl? Muss ich auch mitschreiben? Ich bin ja noch ganz neu hier ..."

„So neu ja nun auch wieder nicht", sagte Frau Sonnenbühl und begann die Hefte auszuteilen. Außerdem bekam jeder Schüler ein Aufgabenblatt.

Auf dem Blatt stand eine Geschichte über Kapitäne und Segelschiffe. Der Text hatte viele Lücken.

Frau Sonnenbühl begann nun den vollständigen Text vorzulesen. Und die Schüler mussten die fehlenden Wörter in die entsprechenden Lücken schreiben.

Die Arbeit war richtig schwer. Das fand sogar Henning, der sonst immer alles konnte. Am schwierigsten fand er die Unterscheidung von „das“ und „dass“. Aber es kamen auch andere schwierige Wörter vor, wie „Walross“ zum Beispiel.

Henning überlegte. Schrieb man Walross mit H? Als er sich endlich gegen das H entschieden hatte, kam ihm das Wort so komisch vor, dass er das H nachträglich über das Wort kritzelte. Ob es wohl so richtig war: „Wahlross“?

Jetzt musste er die Nam-, Tu- und Wiewörter noch in verschiedenen Farben umranden. Henning holte seine bunten Filzstifte aus dem Mäppchen, da zischelte Ben von der Seite: „Zeig mal, Mann!“

Henning schielte auf Bens Aufgabenblatt rüber – und erschrak. Ben hatte kein einziges von den Wörtern aufgeschrieben, die Frau Sonnenbühl diktiert hatte!

Henning schob Ben sein Heft mit dem Aufgabenblatt hin. „Ich sehe nichts“, flüsterte Ben. Also schob Henning das Heft noch weiter nach links. Er war sich sicher, dass Frau Sonnenbühl das gemerkt hatte.

Aber Frau Sonnenbühl stand am Fenster und blinzelte in die Sonne. Auf dem Schulhof ging offensichtlich gerade jemand vorbei, den sie kannte, denn sie lächelte und winkte.

Ben kritzelte wie der Teufel. Henning staunte. Von Rechtschreibung hatte Ben offensichtlich keinen Schimmer, aber ein Schreibtempo hatte der – wie der Direx!

Aber langsam wurde Henning unruhig. Er musste schließlich noch die Satzteile bunt anmalen. „Gib her", flüsterte er. Doch Ben war schneller und legte einfach die Hand aufs Heft. „Noch zwei Wörter", zischelte er.

Mit einem Mal drehte Frau Sonnenbühl sich zur Klasse um. Henning saß wie ein Stockfisch da und starrte sie mit großen Augen an. Das hatte Frau Sonnenbühl garantiert gehört! Bestimmt kam sie jetzt mit großen Schritten auf ihn zu und nahm ihm das Heft weg!

Aber die Lehrerin sah auf die Uhr und sagte bloß: „Noch fünf Minuten."

In aller Eile markierte Henning die verschiedenen Wortarten grün, gelb und rot – Ben malte alles genau so nach, wie er es bei Henning sehen konnte.

Endlich klingelte es. Frau Sonnenbühl sammelte die Hefte und Arbeitsblätter ein und fegte aus dem Klassenzimmer.

„Puh!", stöhnte Ben auf und boxte Henning freundschaftlich in die Rippen. „Das war Rettung in letzter Minute."

„Hätte auch schiefgehen können", sagte Henning und grinste ein bisschen.

6. Eine gute Idee

Wolle schleppte am Nachmittag eine dicke Tasche auf den Bolzplatz. Henning, Ben, Acki und Steffen kamen neugierig heran. „Was ist denn da drin?“, fragte Acki.

„Meine Verpflegung“, erklärte Wolle. „Wenn ich fürs Pokalspiel trainiere, brauche ich viel Vitamine und Aufbaustoffe. Dann kann ich besser spielen.“ Und dann machte Wolle die Tasche auf. Die anderen bekamen Stielaugen. Die Tasche war voll gestopft mit Süßigkeiten: Schokoriegeln, sauren Gummigurken, Lakritze, Chips …

„Und die Vitamine?“, fragte Steffen.

Mit wichtigem Gesicht griff Wolle in die Tasche und zog einen kleinen, verschrumpelten Apfel hervor. „Alles da!“, sagte er stolz.

Henning fand, man sollte jetzt endlich anfangen zu kicken. „Wir üben erst mal Torschüsse“, meinte er. „Torschüsse müssen sitzen. Sonst hilft die beste Taktik nichts.“ Das fanden die anderen auch.

Acki rammte zwei Stöckchen in den Boden und

stellte sich als Erster ins Tor. Dann konnte es losgehen.

Die Jungs kickten den Ball mehrmals hin und her, um dann plötzlich aus einer Spielsituation heraus aufs Tor zu donnern. – Genauso wie im richtigen Spiel. Aber die Kicker hatten fast keine Chance, den Ball ins Tor zu befördern. Denn Torwart Acki warf sich nach rechts und links, als ginge es um sein Leben. Und er sprang so hoch, dass er selbst Bälle hielt, die über die Latte gegangen wären, wenn eine vorhanden gewesen wäre.

„Superreaktion!", staunte Ben, als er Acki ablöste.

Acki nickte keuchend. „Aber das Tor ist Mist. Du siehst ja nie, ob der Ball drin war oder nicht."

Ben war auch ein flinker Torwart. Trotzdem hielt er nicht mal die Hälfte der Bälle, die Acki gefangen hatte.

Nach dem Torschießen sagte Wolle zu Acki: „Du musst auf jeden Fall ins Tor!"

„Nö", sagte Acki, „ich will auch mitspielen."

„Aber du spielst doch mit, wenn du Torwart bist", sagte Henning. „Du bist sogar der wichtigste Mann."

Aber Acki winkte ab: „Torwart, das kann doch jeder!"

„Das kann eben nicht jeder!", sagte Wolle. „Hast du doch bei Ben gesehen!"

Ben nickte.

„Nö", sagte Acki und verschränkte die Arme. „Kein Bock!"

Acki und Steffen mussten gleich nach Haus, denn es war schon kurz nach sechs. Aber Henning, Wolle und Ben blieben noch ein bisschen. Bei Ben war sowieso noch niemand zu Hause. Sein Vater hatte abends oft Fototermine und kam erst spät von der Arbeit. Und Wolle hatte keine Lust, die volle Provianttasche wieder nach Haus zu tragen. Da blieb natürlich auch Henning, um Wolle bei der Proviantvernichtung zu helfen.

„Wisst ihr was?", sagte Ben und biss in einen Schokoriegel. „Wir brauchen ein richtiges Tor. So sieht man doch nie, ob die Bälle reingehen."

Henning nickte und verzog das Gesicht zu einer Grimasse. Denn die saure Gurke, die er gerade probierte, war so ungefähr das Sauerste, was er jemals in seinem ganzen Leben gegessen hatte.

„Dann könnte man auch mal richtig Torschüsse trainieren", sagte Wolle und stopfte sich eine Hand voll Chips in den Mund. „Nicht bloß so Pi mal Daumen."

„Wieso lässt uns der Hausmeister eigentlich nicht auf dem Sportplatz trainieren?“, fragte Ben.

„Weil der Rasen so empfindlich ist“, erklärte Wolle mampfend. „Und die Schule kein Geld hat, ständig neuen Rasen einzusäen.“

„… sagt Herr Egerling“, ergänzte Henning.

„Ach so.“ Ben überlegte. Und dann wurde er auf einmal ganz aufgeregt. „Wisst ihr was? Wir können uns das Tor doch selbst bauen. Wir brauchen doch eigentlich nur ein paar Latten, eine Säge, Hammer und Nägel.“

„Klar“, meinte Henning. „Aber woher willst du die ganzen Sachen kriegen? Mein Vater würde jedenfalls seinen Hammer nicht rausrücken. Und eine Säge haben wir nicht mal.“

„Wir auch nicht“, sagte Wolle.

„Wir aber!“, sagte Ben zufrieden. „Wir haben sogar einen gigantischen Werkzeugkasten. Und mein Vater hat garantiert nichts dagegen, wenn wir ihn mal benutzen. Der ist nämlich richtig locker drauf und total in Ordnung, mein Vater …“ Er stockte. „Allerdings: Latten haben wir auch nicht.“

Da sagte Wolle: „Latten sind kein Problem! Mein Vater kennt den Herrn Ederer von der Schreinerei. Der hat bestimmt ein paar Latten übrig.“

Henning sprang auf. „Mensch!“, strahlte er. „Dann können wir ja gleich morgen Nachmittag anfangen!“

„Klar!“, nickten die beiden anderen und grinsten übers ganze Gesicht, so sehr freuten sie sich.

Das war die Idee des Jahrtausends: Zwei Tore für den Bolzplatz!

„Mein Vater ist morgen sowieso nicht da", erklärte Ben den anderen. „Da können wir uns bei mir zu Hause treffen."

„Genial!", sagte Henning mit leuchtenden Augen. „Was meint ihr, wie Acki und die anderen gucken werden, wenn wir mit den Toren hier aufkreuzen?!"

„Die platzen vor Freude", sagte Wolle.

Aufgeregt machten die drei Pläne für morgen. Henning wollte auf jeden Fall in der großen Pause die Fußballtore auf dem Sportplatz nachmessen. Dann wussten sie ganz genau, wie groß ihre Tore werden sollten.

Aber dann kümmerten sie sich wieder um die Schokoriegel und die Lakritze. Endlich war Wolles Proviant ratzfatz verputzt.

Es wurde auch langsam Zeit fürs Abendessen. „Kein Wort zu Acki, Steffen und Hermann!", machten Henning, Wolle und Ben noch aus, ehe sie nach Hause gingen.

Beim Abendessen war Hennings Laune bombig. Ihn nervte nicht mal seine Schwester Marina. Die hatte ihr Gesicht dick mit Quark eingeschmiert und sah aus wie eine Eule.

„Was soll das denn?", brummelte der Vater.

„Ich mache einen Schönheitstag", erklärte Marina und strich sich ein bisschen Quark aus dem linken Auge. „Das ist zum Öffnen der Hautporen.

Danach kommt das Peeling und dann noch eine Creme gegen die Falten."

„Ist das nicht ein bisschen früh?", meinte der Vater. „Und überhaupt: Quarkmaske zum Abendessen ... Muss das sein?"

„Ach, lass sie doch", schaltete Hennings Mutter sich ein. „Solche Sachen haben wir früher auch gemacht."

„Ich ess morgen Mittag bei Wolle", sagte Henning und drehte lustlos eine Nudel um die Gabel. Aber die Nudel schnappte immer wieder zurück. „Ist doch okay, oder?"

Seine Mutter hatte nichts dagegen.

Henning gab das mit der Nudel auf. Er hatte nach all dem süßen Zeug sowieso keinen Hunger mehr. „Mama? Kannst du mir nicht auch mal so tollen Proviant machen, wie Wolles Mutter?", fragte er dann.

Die Mutter zog verwundert die Augenbrauen hoch.

„Wir müssen doch trainieren für das Pokalspiel", erklärte Henning. „Da brauchen wir jede Menge Nährstoffe und so ..."

„Und was genau stellst du dir darunter vor?", hakte die Mutter nach.

„Och, saure Gummigurken, Chips, Kekse ..."

Die Mutter wirkte auf einmal sehr misstrauisch. „Ist Wolles Proviant vielleicht der Grund, wieso du keine Lust auf Nudeln hast?", fragte sie.

Da merkte Henning, dass er einen Fehler gemacht hatte. Er zuckte mit den Schultern. „Nö", meinte er unbestimmt. Aber dann gab er zu, zwanzig saure Gurken, zwei Schokoriegel und eine halbe Tüte Chips gegessen zu haben.

Marina stieß ein spitzes „Iiih!" aus. „Schokolade macht doch Pickel!"

Henning interessierten Marinas Pickel nicht. Denn jetzt ging die Mutter ans Telefon und rief bei Wolles Mutter an. Als sie zurückkam, wirkte sie sehr zufrieden.

„Ich habe nichts gegen einen Riegel Schokolade", sagte sie sehr bestimmt zu Henning. „Oder einen Lutscher. Aber pfundweise Süßigkeiten, damit bin ich nicht einverstanden. Und Wolles Mutter ist derselben Meinung."

Henning sagte lieber gar nichts mehr. Sonst kam die Mutter noch auf die Idee, dass er morgen nicht bei Wolle zu Mittag essen durfte. Und in diese Falle wollte er nicht auch noch tappen.

7. Drei prima Handwerker

Am Freitagmorgen fing Wolle Henning schon am Schultor ab. „Voll daneben, was du dir gestern geleistet hast", begrüßte er ihn finster.

Henning stotterte unbehaglich los: „Ich wusste ja nicht, dass deine Mutter nicht wusste …"

„Meine Mutter hat gestern Abend die ganzen Süßigkeiten aus dem Küchenschrank geräumt und weggeschlossen", beschwerte Wolle sich. „Alles nur, weil du nicht die Klappe halten konntest! Das mit der Verpflegung ist jedenfalls fürs Erste gestorben. Und wenn du Idiot nicht mein Freund wärst, dann würde ich dir jetzt eins auf die Nase geben."

„Kommt nicht wieder vor", sagte Henning geknickt.

Wolle nickte ungnädig und muffelte noch ein bisschen vor sich hin.

Aber dann legte Wolle Henning den Arm um die Schulter. Und als es zum Unterricht gongte, hatte er Henning schon wieder verziehen.

Am Nachmittag, nach dem Mittagessen bei Wolle, zogen Henning und Wolle zur Schreinerei Ederer. Acht lange, stabile Latten hatte Herr Ederer für sie zur Seite gelegt. Die waren für ein Tor ideal geeignet. Henning und Wolle luden sich die Latten auf die Schulter und marschierten damit zum Kastanienweg 7, wo Ben wohnte.

Ben hatte sie schon erwartet. „Da seid ihr ja", sagte er, als er die Tür öffnete.

In der Wohnung sah es noch richtig nach Umzug aus. Überall standen Umzugskartons herum. Und an den Decken hingen statt Lampen nackte Glühbirnen.

Das Wohnzimmer war das einzige Zimmer, in dem keine Kartons standen und wo richtig Platz war. In der Ecke standen bloß ein großes Sofa, ein Tisch und der Fernseher.

Henning und Wolle ließen die Latten auf den Parkettfußboden fallen. Ben holte für jeden eine Cola aus dem Kühlschrank in der Küche.

„Wir brauchen für jedes Tor drei Latten: eine für oben und zwei Pfosten", erklärte Henning.

„Und zwei Stützpfeiler", meinte Wolle. „Die nageln wir schräg von hinten an die Pfosten."

Ben nickte. „Sonst kippen die Tore beim ersten Pfostenschuss gleich nach hinten."

„Stimmt", sagte Henning.

„Das heißt, wir brauchen für zwei Tore insgesamt …" Wolle dachte nach.

„Zwei obere Balken, vier Pfosten und vier Stützpfeiler", rechnete Ben.

„Klar“, sagte Wolle.

Dann ging es los. Zuerst machten Henning, Ben und Wolle Bleistiftstriche an die Latten, um zu markieren, wo sie sägen mussten.

Dann nahm Ben die Blattsäge aus dem Werkzeugkasten.

„Ich als Erster“, sagte er. „Immerhin ist das unser Wohnzimmer und unsere Blattsäge.“ Dagegen konnten Henning und Wolle nicht viel sagen.

Danach durfte Wolle sägen und als Dritter Henning.

Das mit dem Sägen war gar nicht so einfach. Ständig blieb die Säge im Holz hängen. Und die drei bekamen ziemlich schnell Blasen an den Händen.

Aber schließlich hatten sie es geschafft: Zwei obere Latten, vier Pfosten und vier Stützpfeiler waren zugesägt.

Bevor Ben noch sagen konnte, dass das ja schließlich sein Wohnzimmer und sein Hammer war, griff Wolle sich den dicken Hammer und

einen großen Nagel und hämmerte den ersten Pfosten an die obere Latte.

Danach nagelte er gleich noch den zweiten Pfosten an die Latte: Wumm, wumm, wumm!

„Das Tor sieht schon fast fertig aus", strahlte er, als er den Hammer weglegte.

„Stimmt", sagte Ben.

Das zweite Tor wollte Henning zusammennageln. Aber dazu musste er erst das fertige Tor aus dem Weg räumen. Doch als er es zur Seite schieben wollte, bekam er es keinen Millimeter von der Stelle.

„Lass mich mal", sagte Wolle und zerrte an dem Tor. Aber es bewegte sich nicht.

Da wurde Wolle plötzlich ganz bleich. „Ich glaube, ich habe das Tor am Boden festgenagelt", meinte er kleinlaut.

„Nee, ne?", stieß Ben aus. Aber als er die Sache untersuchte, stellte er fest, dass Wolle Recht hatte.

Es half alles nichts: Die Nägel mussten wieder aus den Latten raus. Leider hatte Wolle die Nägel total fest in den Holzfußboden geschlagen. Erst als Wolle und Ben zu zweit an der großen Zange zogen, bekamen sie die Nägel wieder raus.

Als es endlich geschafft war, stellten sie fest, dass die beiden dicken Nägel zwei große tiefe Löcher in dem neuen Parkettboden hinterlassen hatten.

„Oh weia!", sagte Ben bedrückt.

Aber Henning hatte eine Idee. „Stell doch einfach zwei Blumenvasen drauf", schlug er vor. „Dann sieht man das gar nicht mehr."

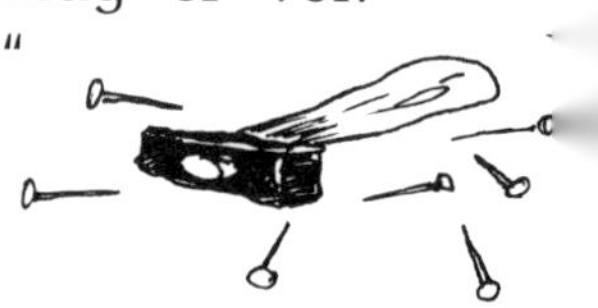

Da ging es Ben gleich viel besser.

Diesmal suchte Ben selbst die Nägel aus. So eine Pleite wie eben sollte nicht noch mal passieren! „Wenn wir kürzere Nägel nehmen, müssen wir eben an jeder Ecke drei reinhauen“, meinte er. „Dann hält das auch.“ Er setzte den ersten Nagel aufs Holz und hämmerte los.

Dann ging es wieder reihum. Jeder durfte mal.

Und endlich war es so weit: Im Wohnzimmer standen zwei komplette Tore mit Latte, Pfosten und Stützpfeiler. Stolz traten die drei Jungen einen Schritt zurück und begutachteten, was sie geleistet hatten.

Henning rüttelte an einem Tor. „Das hält bombenfest!“, strahlte er.

Wolle ließ sich aufs Sofa fallen und legte die Füße auf den Tisch. „Auf jeden Fall sind unsere Tore fast so gut wie die auf dem Sportplatz“, meinte er.

Das fand Ben auch. Zufrieden setzte er sich neben Wolle aufs Sofa. „Was denkt ihr, wie die anderen gucken werden!“, sagte er.

„Das mit den Toren war eine Super Idee von dir“, sagte Henning zu Ben.

Ben strahlte. „Find ich auch.“

Plötzlich stand Bens Vater im Türrahmen. „Das glaub ich einfach nicht!“, sagte er.

„Toll, was?!“, sagte Ben. „Haben wir selbst gemacht!“

Aber das war es nicht, was Herr Rieger meinte. Sein Wohnzimmer, der einzige Raum, der in der neuen Wohnung bewohnbar war, sah aus wie eine Baustelle. Zwei riesige Lattengestelle versperrten den Weg. Auf dem Boden verteilten sich Holzstücke, Sägemehl und der komplette Inhalt seiner Werkzeugkiste.

Bens Vater hatte plötzlich eine sehr scharfe Stimme. „Wenn das Chaos hier nicht in fünf Minuten beseitigt ist, dann passiert was!" Damit verschwand er im Badezimmer und knallte die Tür hinter sich zu.

Wolle grinste unsicher. „Du hast doch gesagt, dein Vater ist so locker drauf", sagte er zu Ben.

Aber Ben hatte jetzt keine Lust über Väter zu reden. „Laber nicht blöd rum!", motzte er und zerrte das Tor schon Richtung Tür. Henning und Wolle packten mit an.

Und dann machten sie eine schreckliche Entdeckung: Die Tore passten nicht durch die Tür! In der Höhe ging es ganz knapp. Aber an der Seite blieben sie immer mit den Stützpfeilern hängen!

Ben sank aufs Sofa. „Oh nein! Auch das noch!", stöhnte er. „Und jetzt?"

„Das *muss* irgendwie gehen", sagte Wolle und versuchte es noch mal. Aber die Wohnzimmertür war und blieb zu eng.

Bens Vater kam zurück. Er hatte sich aus dem Kühlschrank ein Bier geholt und lehnte jetzt in der Küchentür. Seine Laune war schon wieder etwas besser.

„Die Stützpfeiler müssen abmontiert werden", sagte er, als wäre das alles kein Problem. Dann nahm er einen kräftigen Zug aus seiner Bierflasche.

Das war der Punkt, an dem Ben, Wolle und Henning beinahe aufgegeben hätten. Ihre Hände taten höllisch weh und sie konnten einfach nicht mehr.

Aber dann bissen sie die Zähne zusammen und machten sich wieder an die Arbeit. Mit entschlossenen Gesichtern begannen sie an den Nägeln herumzuwerkeln. Als Bens Vater das sah, stellte er die Bierflasche weg und half ihnen.

Bei Herrn Rieger ging das ruckzuck. Er legte ein Tempo vor, als würde er jeden Tag irgendwelche Stützpfeiler abmontieren. „Wer von euch ist eigentlich auf die blöde Idee gekommen, die Tore in unserem Wohnzimmer zusammenzuzimmern?“, fragte er. „Warum habt ihr das nicht auf dem Bolzplatz gemacht?“

Darauf wussten Ben, Henning und Wolle auch keine Antwort. Jetzt, wo Bens Vater das so sagte, kam es ihnen auch komisch vor, Fußballtore im Wohnzimmer zu bauen. Also sagten sie lieber nichts.

Ohne die Stützpfeiler ließ sich das Lattengestell ganz leicht durch die Tür bringen. Probleme gab es noch mal in dem engen Treppenhaus. Da war es ein Glück, dass Bens Vater ihnen half, die Tore um die Ecken zu hieven. Und dann half er ihnen auch noch die Tore zum Bolzplatz zu schleppen.

Auf dem Bolzplatz war schon lange keiner mehr.

Es war schon weit nach sieben Uhr, als die Tore endlich an ihrem Platz standen.

Wolle, Henning und Ben traten noch die Erde um die Pfosten richtig schön fest, damit sie garantiert auch Wolles Bomber-Schüsse überstanden.

Herr Rieger packte das Werkzeug wieder in die Tasche. „Eure Eltern warten sicher schon auf euch“, sagte er dann zu Wolle und Henning. Und zu Ben sagte er: „Und dein Vater wartet darauf, dass er endlich wieder sein Wohnzimmer betreten kann, ohne sich Holzsplitter in die Füße zu treten.“

Ben seufzte sehr tief. Das hieß im Klartext: Wohnzimmer aufräumen, bis alles wieder picobello in Ordnung war. „Okay, Papa“, nickte er. Dann zog er mit seinem Vater ab.

Ehe Henning und Wolle nach Hause gingen, warfen sie noch einen langen, liebevollen Blick auf die neuen Tore.

„Sind sie nicht toll geworden?“, sagte Henning zum hundertsten Mal. Wolle nickte andächtig.

Dann trotteten sie nach Haus.

8. Bombensicher!

Henning wäre am Samstag am liebsten schon um acht Uhr morgens auf den Fußballplatz gegangen. Aber diesmal blieb seine Mutter hart. Er brauchte eine neue Hose. Außerdem sollte er sein Zimmer mal wieder aufräumen.

Auch Wolle konnte sich erst nach dem Mittagessen von zu Hause loseisen. Er holte Henning ab und dann zogen sie gemeinsam los.

Als sie auf dem Bolzplatz eintrudelten, ballerten die Kicker schon auf die neuen Tore. Gerade holte der lange Jan zu einem Kraftschuss aus. Mit Karacho und leichtem Effet flog der Ball los – Richtung obere Latte.

Henning und Wolle machten schnell die Augen zu. Sie wollten gar nicht erst sehen, wie die obere Latte zerbarst und das Tor langsam in sich zusammensank. Aber abgesehen von einem granatenmäßig lauten „Bang!" hörte man nichts. Vorsichtig blinzelten die beiden durch die Augenlider. Und: Das Tor stand noch!

Da johlten Henning und Wolle gleichzeitig los. „Ich hab doch gesagt: Bombensicher!", rief Wolle aus.

„Ich doch auch!", strahlte Henning.

Jetzt hatten die Spieler sie entdeckt und trabten herbei. „Wisst ihr, wo die tollen Tore herkommen?", fragte Steffen begeistert.

„Och“, sagte Henning. „Die haben Ben, Wolle und ich gestern mal eben gebaut.“ Er sagte das so, als würden sie jeden Tag mal eben zwei Tore bauen. Die Pleiten ließ er lieber weg.

„Das ist ja der absolute Oberwahnsinn!“, staunte Acki.

Und Jan sagte: „Die Idee ist Spitze.“

Acki stellte sich als Erster ins Tor. Und endlich, endlich! Wolle und Henning konnten ihre schönen neuen Tore ausprobieren. Die Jungs schossen unter die Latte, mitten ins Tor oder knapp daneben: Gerade Böller, angedrehte Bälle oder Aufsetzer. Und immer war total klar, ob der Ball jetzt drin war. Es war der Renner!

Endlich trudelte auch Ben auf dem Platz ein. „Mein Vater und ich haben total verpennt!“, erklärte er mit kleinen Augen.

„Gab's noch Ärger?“, fragte Wolle.

Ben schüttelte den Kopf. „Nö. Es war viel Arbeit, mit dem Saugen und so. Mein Vater hat sich auch nur ganz wenig aufgeregt, als er die Löcher im Boden gesehen hat. Und er wollte keine Blumenvase draufstellen. Mitten im Zimmer zwei Blumenvasen: Da fällt jeder drüber, hat er gesagt.“

Henning und Wolle nickten ein bisschen betreten.

„Aber wir hatten eine super Spachtelmasse, so eine weiße“, erzählte Ben. „Die hat mein Vater einfach in die Löcher reingespachtelt. Wenn man die jetzt noch braun anmalt, sieht das bestimmt keiner mehr.“

Weil sie jetzt zu acht waren, bildeten die Jungs zwei Mannschaften und begannen zu kicken. Für Henning, Wolle und Ben machte Acki den Torhüter. Damit waren sie dick im Vorteil. Denn an Acki kam so gut wie keiner vorbei.

Später trudelten noch ein paar Jungs aus der Gerberstraße ein und spielten mit.

Als es dunkel wurde, stand es 8:3 für die Mannschaft von Henning, Wolle, Acki und Ben. Acki nahm den Ball auf und kam zu den Freunden. „Torwart macht mir jetzt richtig Spaß!", sagte er begeistert.

Steffen zuckte mit den Schultern. „Mir nicht so", sagte er gedehnt. Er hatte nämlich die meiste Zeit bei den Gegnern im Tor gestanden und dabei keine gute Figur gemacht.

„Und der Torwart ist ein richtig wichtiger Mann", fuhr Acki fort.

„Ist ja gut!", unterbrach ihn Steffen. „Ich weiß, dass ich als Torwart eine Pfeife bin. Jetzt hör schon auf!"

Aber da sagte Acki: „Was ich sagen wollte …" Er holte tief Luft. „… also gut, ich mach beim Pokalspiel euren Torwart."

„Mensch, super!“, brüllten Wolle, Ben und Henning und hauten Acki vor Freude so fest auf den Rücken, dass er zu husten anfing. Mit Acki als Torwart musste die 4B einfach Pokalsieger werden! Das war bombensicher!

Am Abend ging Henning noch mit zu Wolle. Wolles Eltern waren eingeladen und Wolle sollte Britta und Mattes babysitten.

Zum Glück steckte Wolles Mutter die Kleinen ins Bett, bevor sie ging. So konnten Wolle und Henning in Ruhe Carrera-Bahn spielen, sich beim Jojo verbessern und am Computer von Wolles Vater ein paar Moorhühner abknallen. Später setzten sie sich vor den Fernseher, um sich eine Sportsendung nach der anderen reinzuziehen.

„Mann, was für ein Luxus!“, stöhnte Henning und riss eine neue Chipstüte auf. „Sportschau bis zum Abwinken, allerbeste Verpflegung, keine Geschwister und demnächst Pokalsieger.“

Wolle räkelte sich. „Es gibt doch die Geschichte mit den Hungerjahren und den fetten Jahren“, sagte er.

Henning nickte. Die Geschichte hatte Pfarrer Nöthig neulich im Religionsunterricht erzählt.

„Ich glaube, das hier sind die fetten Jahre“, sagte Wolle und rülpste zufrieden.

Aber dann wurden sie wieder ganz still, weil der Fußballbundestrainer in der Glotze die neue Taktik für das nächste Länderspiel erklärte.

9. Wolle hat Ärger

Als Wolle am Montagmorgen die Augen aufschlug, hatte er das dumpfe Gefühl, dass sich gerade eine Katastrophe anbahnte. Er drehte sich im Bett um und dachte nach: Wurde heute eine Mathearbeit geschrieben? Nein. Musste er am Nachmittag auf die Kleinen aufpassen? Nein. Hatte er etwa Flötenunterricht? Das war es auch nicht …

Plötzlich fiel es ihm siedendheiß wieder ein: Die Flöte! Heute hatte seine Mutter Geburtstag!

So schnell er konnte, sprang er aus dem Bett, zog sich die Hose und den Pullover über und rannte nach unten. Er musste sich schnellstens was einfallen lassen, damit die Mutter überhaupt nicht mehr an das Flötenständchen dachte! Hätte er bloß früher was gesagt! Aber ausgerechnet an ihrem Geburtstag wollte er sie nicht mit der zerbrochenen Flöte überraschen.

„Alles Gute zum Geburtstag!“, begrüßte Wolles Vater die Mutter, als sie ins Esszimmer kam, und drückte ihr einen dicken Geburtstagskuss auf die Lippen. Der Vater hatte das Frühstück gemacht. Auf dem Tisch brannte eine Kerze. Und davor stand ein funkelnagelneues Zimmerfahrrad. Die Zwillinge kamen angewackelt und überreichten der Mutter ein Bild, das sie selbst gemalt hatten. „Oh, wie schön!“, freute die Mutter sich und umarmte die beiden.

Danach überreichte Wolle der Mutter die Blume, die er schnell noch im Garten gepflückt hatte. „Herzlichen Glückwunsch“, murmelte er.

„Danke“, lächelte die Mutter. „Und jetzt das Ständchen.“

Wolle seufzte. Dann begann er mit ganz tiefer Stimme: „Wenn der Topf aber nun ein Loch hat, lieber Heinrich, lieber Heinrich? Mach's zu, liebe Liese, liebe Liese, mach's zu ...“ Er stockte. Weiter konnte er das Lied nicht.

„Schön“, sagte die Mutter. Doch es klang jetzt schon ein bisschen ungeduldig. „Du hattest mir aber ein Lied auf der Flöte versprochen.“

Es gab Tage, da hätte sich Wolle gewünscht, noch mal so klein zu sein wie Mattes und Britta. Dann wäre er seiner Mutter jetzt weinend auf den Schoß gekrochen, sie hätte ihm den Rücken gestreichelt und ihm sofort alles verziehen. Aber Wolle war fast zehn. Und was ihm jetzt bevorstand, war ein schonungslos ehrliches Geständnis.

Wolle musste schlucken. Stockend begann er zu erzählen: Dass er statt zum Flöten immer zum Fußball gegangen war, dass er nichts anderes als

„Hänschen Klein“ spielen konnte und dass die Flöte kaputt war.

Als er mit Erzählen fertig war, sagte erst niemand was. Sogar die Zwillinge waren ganz mucksmäuschenstill.

„Du hast also gelogen“, sagte die Mutter endlich. Wolle sah zu Boden und nickte.

„Ich hatte mich so gefreut …“, sagte die Mutter.

Wolle nickte wieder und biss sich auf die Lippen.

„Ausgerechnet an meinem Geburtstag …“, sagte die Mutter.

Und der Vater sagte: „Wir sprechen uns noch, Freundchen.“

Wolles Mutter sah sehr, sehr traurig aus.

Wolle saß auf der Bank neben dem Schultor und stierte reglos auf die Pflastersteine. Henning sah gleich, dass Wolles Stimmung total im Keller war.

„Was ist los?“, fragte Henning. „Haben Mattes und Britta wieder deine Batman-Hefte zerschnitten?“

Wolle schüttelte den Kopf. „Viel schlimmer.“

Jetzt war Henning richtig beeindruckt. „Was denn?“

„Die Flöte“, sagte Wolle düster.

Die Flöte! Henning bekam einen leichten Schreck. Daran hatte er überhaupt nicht mehr gedacht!

„Aber wenigstens wissen deine Eltern jetzt Bescheid“, versuchte er Wolle zu trösten. „Sei doch froh! Du hast es hinter dir.“

Wolle zog eine Grimasse. „Das Schlimmste kommt ja erst noch.“

„Was denn?“

„Mein Vater hat mir für den Rest des Monats Fußballverbot erteilt.“

Henning hielt die Luft an, so erschrocken war er. „Aber das Pokalspiel …?“, wandte er ein.

Wolle schüttelte den Kopf. „… ist für mich gestorben. Aus und vorbei.“

Jetzt gongte es schon zum zweiten Mal zur ersten Stunde, aber das war den beiden Freunden heute völlig egal. Auch wenn sie in der ersten Stunde Sachkunde bei Herrn Redlich hatten, der an Trödler gnadenlos Strafarbeiten verteilte.

„Wie sollen wir denn ohne dich gewinnen?“, fragte Henning. „Und mit wem soll ich auf den Bolzplatz?“

Wolle zuckte stumm die Achseln.

Ben schoss durchs Schultor. Er war auf den letzten Drücker zu Haus aufgebrochen und hatte es leider nicht mehr pünktlich geschafft. „Was macht ihr denn noch hier?“, wunderte er sich.

Henning erzählte ihm, was los war.

Da setzte sich Ben neben die beiden und dachte nach. „Dagegen müssen wir unbedingt was unternehmen!“, fand er. „Wir *brauchen* Wolle beim Fußball! Vielleicht besorgen wir einfach eine Leiter und holen dich heimlich zum Training ab.“

„Ja“, fiel Henning ein, „oder ich verwickel deine Mutter an der Haustür in ein Gespräch und du verdrückst dich über den Gartenzaun.“

„Nee, nee“, winkte Wolle ab. „Mein Vater ist derart geladen! Wenn ich jetzt noch einen draufsetze, dann streicht er mir den Fußball für immer …“

Die drei ließen die Köpfe hängen und schwiegen düster vor sich hin. Ein Weltuntergang war gar nichts dagegen!

Die Schulstunden schlichen heute für Wolle im Schneckentempo dahin.

„Wolle, bist du krank?“, fragte Frau Sonnenbühl in der vierten Stunde besorgt. Wolle aß kein Mohrenkopfbrötchen unter der Bank, legte sich nicht mit Laura an und protestierte nicht mal, als die Lehrerin das Briefchen abfing, das Henning an ihn geschrieben hatte.

„Nö“, sagte Wolle müde und versank wieder in trübes Schweigen.

Endlich war die Schule aus. Henning verabschiedete sich von Wolle mit einem aufmunternden Schulterklopfen. „Also, dann bis morgen.“

„Wir können doch bis zur Brücke zusammen gehen“, meinte Wolle.

„Nee“, druckste Henning herum. „Ben, Acki und ich gehen noch auf den Bolzplatz.“

Wolle fühlte den Kloß in seinem Hals dicker werden.

„Wir müssen doch üben“, sagte Henning. „Ohne dich sind wir doch gerade mal die Hälfte wert. Das verstehst du doch sicher, oder?“

„Ist schon okay“, nickte Wolle und ging. Er kam sich sehr, sehr einsam vor.

Heute waren ideale Bedingungen zum Kicken. Es waren so viele Jungs wie nie auf dem Bolzplatz hinter der Schokoladenfabrik.

Henning und Ben spielten in einer Mannschaft. Aber irgendwie machte Henning das Fußballspielen heute gar keinen richtigen Spaß.

Wolle saß jetzt allein zu Hause und badete die Sache mit der Flöte aus. Wahrscheinlich hatten die Eltern ihn auf sein Zimmer verbannt, wo er schwierige Wörter mit „ß“ lernen musste … Henning wurde es richtig mulmig, als er daran dachte.

Da kickte er den Ball in weitem Bogen weg und ging einfach vom Spielfeld.

„Du kannst doch jetzt nicht gehen“, rief Ben ihm hinterher. „Das Pokalspiel …“

„Ich hab noch eine Verabredung“, rief Henning zurück, schwang sich auf sein Fahrrad und radelte los.

Wolle machte die Tür auf. „Mensch, Henning! Klasse, dass du kommst!“ Er haute seinem Freund feste auf die Schulter. „Komm rein! Wir haben gigantisch viel Kuchen!“

„Aber wieso ...?“, sagte Henning verwirrt. „Ich denke, bei euch ist dicke Luft.“

Wolle sah ihn verblüfft an. „Dicke Luft? Ach so: Die Sache mit der Flöte. Alles im grünen Bereich!“, grinste er.

Jetzt verstand Henning gar nichts mehr.

Da erzählte ihm Wolle, was passiert war, als er nach Haus gekommen war.

Seine Eltern hatten nämlich ein langes Gespräch miteinander geführt, als er in der Schule war. Und das Ergebnis war: Musik ist etwas Wunderschönes. Aber man kann niemanden dazu zwingen, sie zu mögen. Denn sogar die allerschönsten Dinge werden scheußlich, wenn man dazu gezwungen wird. Und Wolles Eltern wollten nicht, dass Wolle die Musik scheußlich fand. Deswegen hatten sie beschlossen, dass er ab sofort vom Flötenunterricht befreit sei.

„Ist das nicht genial?“, sagte Wolle begeistert.

Das fand Henning auch.

„So, und jetzt komm endlich rein, sonst spachteln die Kleinen den Geburtstagskuchen ganz allein auf“, meinte Wolle und zog Henning ins Wohnzimmer.

Das Wohnzimmer war voller Leute. Unter dem Tisch turnten die Zwillinge herum. Und auf dem Tisch standen jede Menge dicke, fette Kuchen.

Zuerst ging Henning zu Wolles Mutter, schüttelte ihr die Hand und sagte: „Herzlichen Glückwunsch zum Geburtstag." Danach setzte er sich auf einen freien Platz. Wolle holte einen Teller und eine Kuchengabel für ihn. Und dann legte Henning sich richtig ins Zeug.

Zuerst aß er den braunen Kuchen mit der dicken Schokoladenglasur, dann den mit den Nüssen und der Buttercreme, ein Stück Pflaumenkuchen mit viel Sahne, den Karamelkuchen mit den Schokolinsen, die Saure-Stäbchen-Spezial-Torte und zum Abschluss noch mal ein Stück Schokokuchen.

Wolle strahlte übers ganze Gesicht, weil Henning fast so viele Kuchenstücke verdrücken konnte wie er selbst. Das war ja auch kein Wunder, denn schließlich waren sie Freunde!

10. Ben geht zu weit

Am Anfang der Deutschstunde kam Frau Sonnenbühl zu Henning und Ben an den Tisch. „Euch beide möchte ich in der großen Pause sprechen“, sagte sie und sah dabei sehr streng aus. Danach teilte sie die Klassenarbeit aus. Nur Ben und Henning bekamen ihr Heft mit den Aufgabenblättern nicht. Henning rutschte das Herz in die Hose. Hatte die Lehrerin das mit dem Abschreiben vielleicht doch bemerkt?

In der großen Pause mussten Henning und Ben ihre Stühle ans Lehrerpult holen. Dann zog Frau Sonnenbühl die Aufgabenblätter der beiden Jungen hervor. „Einer von euch hat abgeschrieben“, sagte sie ernst. „Und ich möchte jetzt wissen, wer das war.“

Henning hatte das Gefühl, dass man Frau Sonnenbühl mit Ehrlichkeit noch um den Finger wickeln konnte. Wenn man zum Beispiel sagte, dass Ben ein paar Mal rübergelinst hatte …

Aber da sagte Ben schon: „Wieso abgeschrieben?“ Er starrte Frau Sonnenbühl ruhig an.

Da versteinerte Frau Sonnenbühls Gesicht. „Erzählt mir doch bitte nicht, dass das ein Zufall ist, dass in beiden Arbeiten vier Fehler sind – genau dieselben. Also?" Ihre Augen hinter den Brillengläsern funkelten.

Aber Ben blieb eiskalt. „Dann haben wir ja wohl beide eine Zwei", sagte er frech.

Henning blieb die Luft weg. Ben brachte die Lehrerin mit seinem dummen Gequatsche noch so in Wut, dass die ihnen eine Sechs verpasste! Warum hielt er nicht endlich die Klappe? Oder besser noch: Warum gab Ben nicht endlich zu, dass *er* es war, der abgeschrieben hatte? Henning machte gerade den Mund auf, um Frau Sonnenbühl die Wahrheit zu erzählen, da kassierte er einen festen Tritt.

„Das müssen Sie uns erst mal beweisen, dass wir geschummelt haben", meinte Ben dreist.

Jetzt war Frau Sonnenbühl richtig auf 180. „Wir können das gerne beim Direktor klären", schnaubte sie. Dann schob sie Henning und Ben die Blätter hin und stach mit spitzem Finger auf eine fett angestrichene Stelle. „Ich habe überhaupt nicht ‚Eisberg' diktiert", sagte sie scharf. „Sondern ‚Eisscholle'. Wieso steht hier dann zweimal ‚Eisberg'? Und hier!" Sie stach mit dem Finger auf eine andere Stelle.

Die beiden linsten auf die Zettel. Henning konnte gerade noch ein Stöhnen unterdrücken. Ben hatte nicht nur das Wort „Walross" genau abgeschrieben, sondern auch nachträglich das H drübergekritzelt, haargenau wie er selbst.

Damit Ben nicht auf die Idee kam, dass er noch mit dem Direktor reden wollte, sagte Henning ganz schnell: „Also gut, wir haben geschummelt."

„Dann wäre das ja geklärt", sagte Frau Sonnenbühl mit harter Stimme. „Ich erwarte euch hier um drei Uhr zum Nachschreiben." Und ehe sie ging, fügte sie noch hinzu: „Man hätte über alles reden können, aber das ... Ich bin sehr enttäuscht von euch!"

Als Frau Sonnenbühl aus dem Klassenzimmer war, schlug Ben Henning auf die Schulter. „Das fand ich richtig fair von dir, dass du der Sonnenbühl nichts gesagt hast", grinste er anerkennend.

Aber Henning sah das anders. „Ich find es überhaupt nicht fair, dass du erst bei mir abschreibst und mich dann mit reinreißt", schimpfte er.

Ben baute sich vor ihm auf. „Was hätte ich denn machen sollen? Hätte ich alles zugegeben, wäre die Abschreiberei ja völlig umsonst gewesen. Dann hätte ich nämlich die Sechs kassiert."

Henning sah an ihm vorbei.

„Mensch, Henning!" Ben fasste ihn am Arm und schüttelte ihn. „Das kann doch jedem passieren, dass die Schummelei auffliegt. Jetzt mach doch nicht so ein Gesicht! Wir sind doch Freunde!"

„Doofes Gequatsche ...", stieß Henning hervor. „Wolle ist mein Freund. Und der hätte sich so etwas nie geleistet." Damit schob er Ben zur Seite und ging in den Pausenhof.

Wolle war wirklich ein Freund. Er ging um drei Uhr nicht auf den Bolzplatz, sondern setzte sich mit dem neuen Batman-Heft auf den Schulhof und wartete, bis Henning mit der Arbeit fertig war.

Endlich kamen Henning und Ben durch die Glastür.

„Uff!“, ächzte Ben. „Die Sonnenbühl hat sich lauter gemeine Sachen ausgedacht. Jetzt kriege ich wohl doch eine Fünf.“

Aber Wolle tat so, als ob er nichts gehört hätte. „Na? Wie war's?“, wandte er sich zu Henning.

Henning zuckte mit den Achseln. „Wenn ich Glück habe, gibt das gerade noch eine Drei.“

„Hak's ab“, sagte Wolle und legte ihm den Arm um die Schulter. „Komm, jetzt gehen wir erst mal zu mir. Vielleicht rückt meine Mutter ein Eis raus. Und danach gucken wir auf dem Bolzplatz vorbei.“

„Und ich?“, fragte Ben.

Henning und Wolle musterten ihn feindselig. Dann drehten sie sich um und ließen Ben einfach stehen.

Nach dem Eis war Hennings und Wolles Laune etwas besser. Aber als sie auf den Bolzplatz kamen, wurde sie wieder schlechter. Einer von den sieben Kickern war nämlich Ben. Zusammen mit Mick und Steffen spielte er gegen die vier anderen Jungs. Ben stand gerade im Tor.

„Dass der sich noch hertraut!“, zischte Wolle durch die Zähne.

Die beiden schritten mit finsteren Gesichtern auf den Platz und stellten sich in Position: Wolle in Steffens Mannschaft und Henning in Bens – so dachten die anderen jedenfalls.

Steffen hatte sich gerade in einer Ecke festgespielt. Aus den Augenwinkeln sah er, dass Henning ziemlich günstig stand und spielte ihn an. Aber statt mit dem Ball nach vorne zu rennen, rannte Henning zurück und drosch Ben die Kugel in den Kasten.

Ben war so überrascht, dass er nicht mal zuckte, als der Ball neben ihm vorbeisauste.

Steffen und Mick trauten ihren Augen nicht. „Hey, spinnst du?“, brüllte Ben los. „Das war ein Eigentor!“

Henning sah ihn eiskalt an und verschränkte die Arme. „Hat jemand gesagt, dass ich mit dir in einer Mannschaft spiele?“, fragte er.

„Aber Wolle spielt ja auch nicht für uns“, schaltete sich Steffen jetzt ein.

„Nö“, sagte Wolle knapp. „Ich spiele nicht mit solchen Feiglingen wie dem Ben da.“

Ben wurde rot vor Wut. So war das also! Henning und Wolle wollten Krieg! Den konnten sie haben!

„Wir gewinnen auch zu dritt gegen euch sechs“, schnaubte er. „Ihr habt ja zwei Knickeier in der Mannschaft: einen Zwerg und eine Speckrolle!“

Wolle schob schon die Ärmel hoch, um Ben endlich mal ordentlich eins auf die Nase zu geben. Der würde schon sehen, wozu die vielen Speckrollen gut sein konnten.

Doch Jan ging sofort dazwischen. „So'n Quatsch! Wir teilen jetzt die Mannschaften neu auf und dann spielen wir vier gegen fünf."

„Aber nur, wenn ich nicht in dieselbe Mannschaft komme wie dieses Model für orthopädische Strümpfe", sagte Henning und zeigte auf Bens lange, dünne Beine. Henning wusste eigentlich gar nicht, was das war: orthopädische Strümpfe. Aber seine Schwester hatte das mal zu ihrer Freundin Annette gesagt, als die beiden sich gestritten hatten. Da war Annette vor Ärger sofort ganz grün im Gesicht geworden.

Jan konnte einfach nicht anders: Er lachte laut heraus. „Orthopädische Strümpfe ist gut!", kicherte er.

Ben kniff die Augen zu Schlitzen zusammen. Dann schnappte er sich den Ball und schoss ihn mit voller Wucht über die Mauer zur Schokoladenfabrik.

„Den holst du zurück!", schrie Acki wütend.

Aber Ben hatte sich schon auf sein Fahrrad geschwungen und radelte davon.

Damit war das Fußballspielen für heute gestorben. Denn es war schon nach sechs. Da hatten die Arbeiter längst Feierabend und die Pforte der Schokoladenfabrik war zu.

11. Zoff

Am Mittwoch langweilte Henning sich tödlich in der Schule. Wolle und er hatten sich nämlich vorgenommen, mit Ben überhaupt nicht mehr zu sprechen.

Leider saß Henning ganz am Rand, so dass er jetzt höchstens Löcher in die Luft starren konnte, wenn ihm der Unterricht zu langweilig war.

Wolle hatte es da besser. Der saß zwar neben Laura, aber wenn er sich weit vorbeugte, konnte er mit Steffen flüstern.

Und zu allem Überfluss tat Ben so, als würde er Hennings verachtendes Schweigen gar nicht bemerken. Er spielte mit Acki, der links von ihm saß, Schiffeversenken. Oder er tauschte mit Acki geheime Botschaften aus, die er auf kleine Zettelchen notierte.

Henning wurde das Gefühl nicht los, dass da gerade eine dicke Mauschelei im Gange war.

In der fünften Stunde hatte die 4 B Religion bei Pfarrer Nöthig. Er erzählte gruselige Geschichten aus der Bibel: Wie der kleine Junge David gegen den Riesen Goliath kämpfen musste. Wie sich die beiden Gegner dann gegenüberstanden: Der mächtige Riese und der winzige David. Und wie alle Freunde und Verwandten von David dachten: „Der Kleine hat doch überhaupt keine Chance!" Wie David dem Goliath aber dann mit seiner Schleuder einen Stein so fest an den Kopf schoss, dass der Riese tot umfiel.

„So hat der kleine David den bösen Riesen Goliath mit ganz einfachen Mitteln besiegt", beendete Pfarrer Nöthig seine Geschichte.

Da zeigte Ben auf und sagte laut und deutlich: „Manchmal sind aber auch die Zwerge die Blödmänner."

Henning fuhr zu Ben herum. Er war knallrot vor Wut. Ben grinste nur frech. Am liebsten hätte Henning Ben jetzt eine gescheuert. Das war sowieso längst überfällig.

Aber im Unterricht ging das schlecht. Der Pfarrer erzählte gerade etwas davon, dass Gewalt, auch im Streit zwischen David und Goliath, eigentlich keine saubere Lösung und dass Nächstenliebe furchtbar wichtig sei.

Deswegen zischelte Henning bloß: „Du Warmduscher!" Aber dem würde er es schon noch zeigen!

Es war klar, dass Ben heute nicht zum Kicken auf den Bolzplatz kommen würde. „Das ist auch besser so", sagte Wolle böse.

Henning nickte finster. „So eine linke Ratte! Und ich dachte, der wär in Ordnung!"

Bis die anderen kamen, schoben sich Henning und Wolle noch ein bisschen den Ball zu. Hin und her, hin und her. Aber die anderen kamen nicht.

Endlich sahen sie in der Ferne jemanden heranradeln: Steffen. Er war ganz außer Puste, weil er sich so beeilt hatte.

„Konnte nicht eher“, keuchte er.

„Und was ist mit den anderen?“, fragte Henning.

„Die gucken sich bei Riegers ein Trainingsvideo der Jugendnationalmannschaft an. – Echt spannend! – Aber ich wollte lieber Fußball spielen.“

Henning platzte fast vor Zorn. „So ein Verräter, der Ben!“, stieß er zornig aus. „So kurz vor dem Pokalspiel veranstaltet der ein Videoglotzen! Der will doch nur die Mannschaft auseinander reißen!“

„Das glaub ich nicht“, meinte Steffen. „Ben will doch auch gewinnen.“ Er verstand nicht, wieso Henning und Wolle so wütend waren.

Da erklärten sie ihm, wie das mit der Deutscharbeit gelaufen war.

Steffen war richtig beeindruckt. „Eine ziemlich miese Nummer“, sagte er. „Vielleicht müssen wir den Ben tatsächlich mal vermöbeln.“

„Es lohnt nicht mal, sich an dem die Finger schmutzig zu machen!“, winkte Henning ab. Er war schon ein bisschen getröstet, weil Steffen sofort zu ihm hielt. „Außerdem haben wir gerade etwas Wichtigeres zu tun: Wir müssen uns nämlich auf das Pokalspiel vorbereiten."

„Stimmt", sagte Steffen. „Übrigens, Jonas kommt vielleicht später auch noch."

Wolle und Henning nickten grimmig. Na, wenigstens hatten sie den Platz für sich und konnten sich so in Ruhe auf das Spiel am Freitag vorbereiten. Aber sie waren ziemlich sauer und enttäuscht. Acki und Hermann standen jetzt auf Bens Seite. Die würden sie auf jeden Fall von der Liste ihrer Freunde streichen. – Für immer!

Aber irgendwie kam heute kein Schwung in den Kick. Da half es auch nicht, dass Jonas um halb fünf noch auftauchte.

Deswegen hörten die Jungs ziemlich früh zu spielen auf und kamen, zum ersten Mal seit einer Woche, pünktlich zum Abendessen nach Haus.

Am Donnerstag in der großen Pause saßen Henning, Wolle und Steffen auf der Mauer in der Sonne. Sie hatten heute keine Lust auf Blitzfußball.

„Hey! Macht mal Platz!", rief Acki und wollte sich auf die Mauer ziehen.

Aber Henning dachte gar nicht daran. „Nö", sagte er finster.

Acki sah erstaunt zu den dreien hoch. „Wieso? Was ist denn los?"

„Warmduscherfreund!", kam es knapp von oben.

Aber Acki hatte immer noch keine Ahnung, um was es ging.

Da erklärte Steffen ihm, wie das mit der Klassenarbeit gewesen sei. Und dass der Videonachmittag bei Ben eine abgekartete Sache gewesen war, eine gemeine Falle!

„Ach so?", sagte Acki verwundert. „Jetzt kapier ich, wieso Ben gestern Nachmittag nicht mehr auf den Bolzplatz wollte."

„Genau!", sagte Wolle. „Eine krumme Nummer!"

„Trotzdem!" Acki zog sich jetzt doch auf die Mauer hoch. „Ist doch egal, wer von wem abgeschrieben hat. Hauptsache, wir gewinnen das Pokalspiel. Das Video gestern war jedenfalls richtig klasse. Es kam sogar was über Torhütertaktik: Wie stelle ich die Freistoßmauer auf? Was mache ich beim Elfmeter ...?"

Da unterbrach ihn Wolle sehr ernst: „Du musst dich schon entscheiden, auf welcher Seite du stehst. Wenn Ben unsere Leute abzieht, so dass wir uns nicht mehr ordentlich auf das Spiel vorbereiten können ..."

Aber jetzt wurde Acki langsam sauer. „Hört mal endlich mit dem Mist auf!", sagte er. „Bloß weil einer abgeschrieben hat!"

Da sagten Henning, Wolle und Steffen gar nichts mehr. Aber sie dachten alle das Gleiche: Bens krumme Spielchen hatten bei Acki eben doch schon Spuren hinterlassen ...

12. Noch mehr Zoff

Endlich kam die fünfte Stunde: Sport. Heute würden die Jungs entscheiden, welche sechs Kicker bei dem Pokalspiel mitmachen durften.

Herr Schnürschuh rief die Schüler auf dem Platz zusammen. Henning und Wolle drückten ganz fest beide Daumen. Denn jetzt ging es um alles oder nichts. Hoffentlich wurden sie beide aufgestellt! Und hoffentlich stimmten die anderen gegen Ben!

Aber zuerst fragte der Lehrer, in welcher Farbe die 4 B am Freitag spielen wollte. Die Jungs überlegten und einigten sich auf Blau. Denn ein blaues T-Shirt hatte fast jeder von ihnen zu Haus.

„Das ist gut", sagte Herr Schnürschuh. „Die A will nämlich in Gelb spielen."

Dann kam die Abstimmung.

Dass Henning mitspielen sollte, war allen sofort klar. Auch Wolle, Acki, Steffen und Hermann sollten zur Mannschaft gehören. Immerhin ging es um den Pokal, und da wollten die Schüler sicher sein, dass wirklich die Besten ihre Klasse vertraten.

Aber auch Ben wurde in die Mannschaft gewählt.

Henning und Wolle zogen ein Gesicht. Das ganze Daumendrücken hatte nichts genutzt.

Dann ging es ans Kicken. Herr Schnürschuh verteilte blaue und gelbe Bänder an die Spieler. Wolle und Henning bekamen ein blaues Band. Außerdem Hermann, Jonas und Patrick. Aber dann gab Herr Schnürschuh auch noch Ben ein blaues Band.

Wolle und Henning stöhnten auf und verdrehten die Augen. Und Ben meckerte sofort los: „Wieso muss ich mit den zwei Pappnasen zusammenspielen?"

Herr Schnürschuh sah ihn erstaunt an. „Das musst du doch am Freitag auch. Aber wenn ihr nicht zusammenspielen wollt, kann ich auch andere Jungs in die Mannschaft nehmen ..."

Das wollte natürlich keiner von den dreien. Missmutig stellten sie sich auf dem Spielfeld auf. Dann warf Herr Schnürschuh den Ball in die Luft.

Die Gelben kickten ganz ordentlich. Aber bei den Blauen klappte überhaupt nichts. Die Jungs mit den blauen Bändern spielten, als hätten sie noch nie von Fußball gehört. Herr Schnürschuh konnte fast nicht glauben, was er sah.

Kein Pass kam an, keiner lief sich frei, so dass die Gelben immer als Erste am Ball waren. Schon fiel das erste Tor für Gelb, das zweite und das dritte. Und wieder waren die Gelben im Angriff.

Da gelang es Hermann, Steffen den Ball vom

Fuß zu schlagen. Er donnerte den Ball weit weg, genau in den gegnerischen Strafraum.

Das war die Gelegenheit! Ben und Henning standen ideal für einen Kopfballtreffer. Aber was machte Henning? Als Ben losspringen wollte, stellte er sich einfach auf dessen Fuß, so dass Ben den Ball nicht erwischte, sondern mit Schwung auf die Nase flog.

Schiedsrichter Schnürschuh kam sofort herbeigerannt. Er konnte sich diesen üblen Sturz überhaupt nicht erklären. Denn er hatte nichts gesehen. Außerdem konnte er ja nicht ahnen, dass Henning seinen eigenen Mitspieler flachlegte.

Ben wuchs auf der Stirn sofort eine Riesenbeule.

„Hast du dir weh getan?“, fragte Herr Schnürschuh besorgt.

„Nö“, sagte Ben mit zusammengebissenen Zähnen und warf Henning einen bösen Blick zu.

Aber der balancierte den Ball auf seiner Fußspitze und tat, als wäre er gar nicht beteiligt.

4:0 für die Gelben war der Spielstand zur Halbzeit. Und in der zweiten Hälfte wurde es keinen Deut besser. Bei einem Spielstand von 7:1 pfiff Herr Schnürschuh das Spiel ab.

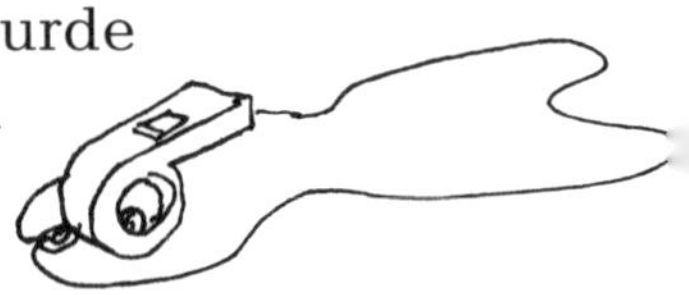

Die Jungs versammelten sich wieder vor dem Tor. „Ich hatte eure Leistungen viel besser in Erinnerung“, meinte Herr Schnürschuh kopfschüttelnd. „Aber heute habt ihr euch einen Fehler nach dem anderen geleistet. Ich denke da besonders an Ben, Henning und Wolle.“

Die drei vermieden es, den Lehrer anzusehen.

„Eigentlich hatte ich gedacht, dass eure Klasse morgen gewinnen könnte", fuhr Herr Schnürschuh fort. „Aber vielleicht ist die Nervosität zu groß. Schade ..."

Damit entließ er die Jungen in die Umkleide.

Am Nachmittag wollten sich die Jungs eigentlich zwei Uhr am Bolzplatz treffen – ohne Ben natürlich.

Aber um Viertel nach eins brach ein Gewitter los, wie Henning schon lange keins mehr erlebt hatte. Die Blitze zuckten gelb, rot und blau über den schwarzen Himmel. Ihnen folgte ein Donnern, das die Scheiben erzittern ließ. Dann prasselte auch schon der Regen los. Innerhalb von Minuten stand die Straße unter Wasser.

Henning klebte am Fenster und starrte entsetzt hinaus. Er konnte sich schon vorstellen, wie der Bolzplatz aussah: Eine einzige Matschwüste.

Es wurde halb zwei und Viertel vor zwei, aber immer noch goss es wie aus Eimern. Nur das Blitzen hatte jetzt aufgehört.

Die Mutter kam in die Küche. „Ich muss zum Bolzplatz!", sagte Henning verzweifelt. „Morgen ist das Pokalspiel."

„Bei dem Wetter?", fragte die Mutter ungläubig zurück.

„Wir müssen noch jede Menge trainieren!", jammerte Henning.

Die Mutter schüttelte den Kopf. „Also ich weiß nicht ... Du erkältest dich doch!"

„Wolle und die anderen kommen aber auch“, beharrte Henning. „Wir sind doch keine Knickeier. Und überhaupt: Die Bundesliga spielt ja auch bei Regen ...“

Die Mutter stellte sich zu ihm. „Henning!“, sagte sie. „Was muss eigentlich noch passieren, damit du mal einen Nachmittag nicht zum Bolzplatz gehst? Es gibt doch noch andere Dinge als Fußball ...“

Henning sah flehend zu seiner Mutter auf. „Mama, ich verspreche dir alles, was du willst. Ich kicke nie mehr bei Regen. Und ich komm immer pünktlich zum Abendessen. Aber heute muss ich zum Kicken ...!“

Die Mutter sagte nichts. Nur den Regen hörte man aufs Pflaster prasseln.

„Bitte!“, sagte Henning.

Die Mutter seufzte. „Ich bin froh, wenn dieses Pokalspiel endlich vorbei ist. Also von mir aus.“

„Danke, Mama!“, jubelte Henning und fiel seiner Mutter um den Hals.

Außer Henning war niemand auf der Straße, denn es regnete immer noch in Strömen. Henning war mit seinem Lederball noch nicht um die Straßenecke, da war er schon klatschnass. In seinen Schuhen schwappten große Pfützen. Von ferne hörte man jetzt das Donnergrollen wieder näher kommen.

Henning musste sich beeilen. Sicher warteten die anderen schon.

Doch als er an den Bolzplatz kam, war alles gähnend leer. Nur hinten auf der Straße kam ihm eine völlig durchnässte Gestalt mit einem Lederball unter dem Arm entgegen: Ben!

Henning schlappte weiter geradeaus: Durch den strömenden Regen den Bolzplatz entlang auf Ben zu – gerade so, als würde er dort immer bei Wolkenbruch seinen Lederball spazieren tragen.

Dann stand Ben vor ihm.

Die beiden Jungen sahen sich einen langen Moment feindselig in die Augen. Dann gingen sie stumm und mit vor Nässe quatschenden Schuhen aneinander vorbei. Sie drehten sich nicht mehr um.

13. Acki spielt nicht mehr mit

Frau Sonnenbühl hatte es am Freitagmorgen mit der 4 B wirklich nicht leicht. Es hörte einfach niemand zu, als sie an die Tafel schrieb, wie das Malnehmen mit Zahlen über zehn ging. Die Jungs hatten nur noch das Spiel im Kopf. Und sogar die Mädchen ließen sich von dem Trubel anstecken und kicherten aufgeregt durcheinander.

Laura drehte sich sogar zu Wolle und stellte eine Frage. „Spielst du denn auch mit?", fragte sie.

„Ja", brummelte Wolle. Dann warf er Jonas schnell ein Zettelchen zu. „Klar kriegst du mein Tricko, wenn ich vom Platz gehe", stand darauf.

Jonas hatte nämlich gerade entdeckt, dass er sein blaues T-Shirt zu Hause auf dem Bett liegen gelassen hatte.

Dann kam eine Durchsage vom Direx: „Liebe Schüler und Schülerinnen der Hotzenschule. In der dritten Stunde findet zum ersten Mal seit 20

Jahren wieder das traditionelle Fußballspiel unserer vierten Klassen um den Herbstpokal statt. Damit ihr alle zuschauen könnt, fällt der Unterricht nach der zweiten heute aus. Wir sehen uns auf dem Sportplatz."

Da gab Frau Sonnenbühl es auf, die Aufmerksamkeit der Klasse aufs Rechnen zu lenken. Bis zur großen Pause durfte die Klasse „Galgenmännchen" spielen.

Endlich war der große Augenblick da: Die Jungs liefen auf dem Spielfeld ein – die aus der 4 B in blauen, die aus der 4 A in gelben T-Shirts.

Acki trug eine Baseballkappe und sah aus wie ein richtiger Torwart. Außerdem hatte er sich von seinem Vater ein Paar riesige Lederhandschuhe geliehen. „Damit ich mehr Bälle fange", sagte er stolz.

Um den Platz herum saßen und standen jede Menge Zuschauer. Henning und Wolle musterten ihre Gegner. Den Torwart machte Werner. Der war schon bald zwölf und riesengroß. Er war nur noch deswegen auf der Hotzenschule, weil er einmal sitzen geblieben war.

„Mann! An dem müssen wir erst mal vorbeikommen!", raunte Wolle Henning zu.

Auf einmal machte Henning Stielaugen. Da hinten, das war doch Marina mit ihrer Freundin Annette! Schwänzte sie etwa den Unterricht, um beim Pokalspiel zuzusehen? Da fand Henning seine Schwester auf einmal richtig nett.

Jetzt sah er, dass auch Jan und Mick gekommen waren. Sie standen bei Marina und Annette und alberten mit ihnen herum.

Wolle stieß Henning an. Er hatte auf der anderen Seite Bens Vater entdeckt. Herr Rieger hatte zwei dicke Kameras um den Hals gehängt.

„Macht der etwa Fotos?", zischte Wolle Henning zu.

Henning zuckte mit den Achseln. „Mir egal, was der Vater von dem Verräter macht."

Wolle nickte. „Stimmt eigentlich."

Dann rief Schiedsrichter Schnürschuh die Jungs am Mittelkreis zusammen. Er warf eine Münze, und die 4 A bekam Anstoß.

„Gebt euer Bestes!", schärfte Torwart Acki seinem Team ein. „Sonst sehe ich da hinten im Tor ganz schön blöd aus." Dabei sah er besonders lange Ben, Henning und Wolle an. Die drei machten düstere Gesichter und schwiegen.

Aber Steffen rief ihm zu: „Kannst dich auf uns verlassen, Acki."

Acki nickte, nur halb beruhigt, und trabte zum

anderen Ende des Spielfelds, wo er im Tor Aufstellung nahm.

Es war so weit! Herr Schnürschuh pfiff auf seiner Trillerpfeife und die Gelben führten den Anstoß aus.

Wie der Blitz spurtete Henning los und jagte den Gelben den Ball ab. Er versuchte sofort, über Wolle weit nach vorn zu spielen, doch da warf sich ein Stürmer der anderen Mannschaft dazwischen und der Ball war wieder weg.

Aber die 4 B kämpfte. Die Jungs rannten, bis ihnen die Zunge aus dem Hals hing. Wolle griff die Gegner fast ein bisschen zu hart an. Zweimal musste Herr Schnürschuh abpfeifen, weil Wolle seinen Gegenspieler einfach umgerempelt hatte.

Trotz allem: Der ganze Einsatz brachte nichts.

Acki, der hinten im Tor stand, und alles ganz genau beobachten konnte, drehte fast durch.

Ben, Wolle und Henning spielten nämlich nicht miteinander, sondern gegeneinander.

Ben tat so, als wären Wolle und Henning gar nicht auf dem Platz. Statt den Ball an einen von den beiden abzugeben, verdribbelte Ben sich lieber, bis er den Ball verlor. Und auch Wolle und Henning kickten an Ben vorbei ins Blaue hinein. Da konnte Ben noch so gut freistehen!

Endlich hatte Henning einen Pass zufällig in Bens Richtung gespielt. Aber der ließ den Ball einfach an sich vorbeirollen, ohne auch nur zu zucken. Die Quittung kam sofort: Ein Stürmer aus der 4 A sprintete mit einer Affengeschwindigkeit auf Ackis Tor zu und holte zu einem kraftvollen Schuss aus. Acki hechtete los, aber er erwischte den Ball nicht mehr.

„Toor!", schrien die Fans der 4 A. Und die Spieler vollführten auf dem Feld einen kleinen Freudentanz.

„Ja, seid ihr denn verrückt?", brüllte Acki fassungslos übers Spielfeld. Doch Henning, Ben und Wolle sahen nicht mal zu ihm rüber.

Für die Fans der Blauen war und blieb der Kick mit einem Wort ein Trauerspiel. Hätte die 4 B ihren Torwart Acki nicht gehabt, dann hätte sie in der 15. Minute mit 4:0 zurückgelegen. Aber Acki legte eine spektakuläre Parade nach der anderen hin, fing, faustete und hechtete wie ein wahrer Profi.

Und dann kam die 19. Minute. Torwart Werner machte einen weiten Abstoß direkt in die Hälfte der Blauen. Der Ball landete in hohem Bogen direkt vor den Füßen eines Gelben.

Ben stand ganz dicht neben ihm. Aber statt den Gelben sofort anzugreifen, rannte Ben hinter seinen Gegenspieler zurück, auf die Mittellinie zu. Henning glaubte nicht, was er da sah und raste los wie der Blitz, um noch an den Ball zu kommen, aber es war schon zu spät.

Mit Schmackes versenkte der gegnerische Spieler den Ball im Tor. Acki konnte ihm nur noch hinterhersehen. Damit stand es 2:0 für Gelb.

Jetzt platzte Henning der Kragen und er ging auf Ben los. „Was willst du eigentlich auf dem

Spielfeld, du Null-Lösung?!", brüllte er ihn an. „Du störst hier doch bloß!"

Aber Ben war genauso sauer wie Henning. „Du Blödmann", brüllte er zurück. „Du hast meine Abseitsfalle kaputt gemacht!"

„Abseits!", schrie Henning wütend auf. „Du hast keine Ahnung von der Abseitsfalle, du Warmduscher!"

Warmduscher! Das war zu viel! Ben nahm Henning in den Schwitzkasten und in null Komma nichts hatten die beiden sich ineinander verkeilt und wälzten sich auf dem Boden. Von der anderen Seite des Spielfeldes kam Wolle angerannt, um Henning beizustehen.

Und jetzt war auch der Schiedsrichter neben ihnen. „Auseinander!", schimpfte er und versuchte Henning und Ben zu trennen. Doch die beiden hielten sich eisern umklammert.

Da bemerkten sie plötzlich aus den Augenwinkeln, dass Acki Mütze und Handschuhe ausgezogen hatte und Richtung Umkleide davonging. Verblüfft ließen sie einander los und setzten sich auf.

„Der geht!", stieß Henning aus.

„Der lässt uns einfach im Stich!", stotterte Ben.

Wie auf Kommando sprangen Henning und Ben auf und rasten Acki hinterher.

Wolle, Steffen und Hermann schauten ziemlich dumm aus der Wäsche. Denn jetzt waren sie nur noch zu

dritt auf dem Spielfeld – und ohne Torwart! Aber zum Glück hatte der Schiedsrichter ein Einsehen und pfiff die erste Halbzeit ab.

„Mensch, Acki", keuchte Henning, als sie ihn eingeholt hatten. „Du kannst uns doch jetzt nicht hängen lassen!"

„Ohne dich machen wir keine Schnitte!", sagte Ben fassungslos.

Doch Acki verschränkte die Arme und schüttelte entschlossen den Kopf. „Für solche Blödmänner, wie ihr es seid, mach ich nicht den Hanswurst im Tor – nie wieder!"

Jetzt kamen auch Wolle, Steffen und Hermann. Natürlich wollten sie wissen, was los war.

„Aber wenn wir jetzt vernünftig spielen?", schlug Henning Acki zaghaft vor.

„Pah!", stieß Acki verbittert aus. „Du, Wolle und Ben, ihr habt doch sowieso nichts anderes im Kopf als euren dämlichen Streit! So kann man doch nicht Fußball spielen! Das macht doch alles überhaupt keinen Spaß mehr!"

Henning, Wolle und Ben sahen betreten zu Boden. Spaß machte ihnen ihr Kleinkrieg tatsächlich schon eine ganze Weile nicht mehr. Eigentlich war er von Anfang an ziemlich doof gewesen …

„Acki!", bettelte jetzt Ben. „Gib uns noch eine Chance."

„Eine einzige!", flehte Henning.

„Wir versprechen dir auch, dass der Ben sich so blöd benehmen darf, wie er will, und wir es ihm nicht zurückgeben", sagte Wolle.

Da drehte Ben sich zu ihm um, aber er sagte nichts.

Acki sah vom einen zum anderen. „Mir egal, was ihr nach dem Spiel macht. Von mir aus könnt ihr euch gegenseitig die Köpfe einhauen", sagte er. „Aber im Spiel halten wir zusammen!"

„Großes Ehrenwort!", nickten die drei Streithähne und hoben die Schwurhand. Und sie meinten es ganz, ganz ehrlich.

Acki setzte sich die Mütze wieder auf und zog die Handschuhe an. Da atmeten die Blauen auf. Hermann und Steffen nahmen ihren Torwart in die Mitte und zogen wieder aufs Spielfeld. Nur Ben, Henning und Wolle blieben noch zurück.

Ben seufzte tief. Dann streckte er die Hand aus. „Frieden?", fragte er.

„Frieden!", nickte Henning und schlug ein. Wolle zögerte kurz, aber dann gab er Ben auch die Hand. Die drei grinsten verlegen. Dann machten sie, dass sie auf den Platz kamen.

14. Voller Einsatz!

Die Fans der Gelben fingen jetzt an zu singen: „Wir wollen Tore sehn, wir wollen Tore sehn, wir wollen Tore, Tore, Tore sehn."

Und dann kriegten sie Tore, aber nicht die, die sie erwartet hatten.

Henning machte den Anstoß zu Ben. Der schoss den Ball in die gegnerische Hälfte. Hermann stand super gut. Er nahm den Ball mit der Brust aus der Luft an und dribbelte sofort aufs Tor zu. Aber die Gelben rückten natürlich nach und bedrängten ihn zu dritt. Hermann täuschte einen Schuss an, schlug aber dann einen gekonnten Haken und eine Flanke in den Strafraum. Denn vor dem Tor der Gelben hatte Steffen sich freigelaufen. Aber seine Angreifer fingen den Ball sofort ab und schon stürmten sie auf Ackis Tor zu. Henning, Ben und Steffen wetzten wie die Weltmeister, um Torwart Acki beizustehen.

Das war auch dringend nötig. Ben kam gerade noch rechtzeitig, um einen harten Knaller der

Gelben Richtung Tor mit dem Kopf zur Ecke abzulenken. „Super, Ben!", schrie Acki zu ihm hinüber und begann mit seinen großen Handschuhen zu klatschen. Ben grinste ihm zu.

Aber schon musste er wieder in Position gehen, denn jetzt kam die Ecke. Der Gelbe, der die Ecke schoss, versuchte eine Bananenflanke: angedreht direkt ins Tor. Das klappte nicht ganz. Der Ball kam im Elfmeterraum runter. Wenn in diesem Augenblick vor Ackis Tor einer von den Gelben gestanden hätte, um den Ball ins Tor zu lenken, dann wäre jetzt das 3:0 gefallen. Aber dort, wo der Ball runterkam, stand Henning. Und der nahm ihn sicher aus der Luft an und düste im selben Augenblick los Richtung gegnerisches Tor.

Vor Verblüffung standen die Gelben einen kurzen Moment wie angewurzelt da. Sie erkannten ihre Gegner aus der ersten Halbzeit kaum wieder.

Henning dagegen rannte, was das Zeug hielt, den Ball immer dicht am Fuß. Die zwei Längsten aus der 4 A hatten mittlerweile zu einem verzweifelten Sprint eingesetzt. Henning spürte, dass sie gleich bei ihm waren. Jetzt lagen bloß noch 10 Meter zwischen ihm und dem gegnerischen Tor. Also zögerte er nicht lange, holte aus und schoss den Ball, so fest er konnte, dicht unter die Latte. Torwart Werner war zwar noch mit den Fingern dran gewesen, aber das half ihm nichts. Der Ball war im Netz.

Die Fans der 4 B sprangen auf und brüllten los. „Tooor!"

„Tooor!", brüllten auch die Blauen auf dem Feld und fielen sich gegenseitig in die Arme.

Acki sprang auf der anderen Seite des Spielfeldes aufgeregt auf und ab. „Es geht doch! Es geht doch!", brüllte er so laut er konnte und strahlte über beide Ohren.

Jetzt fingen die Fans der Blauen an zu singen: „Wir wollen Tore sehn, wir wollen Tore sehn …"

Es stand 1:2. Und die Blauen gaben alles. Vielleicht konnten sie doch noch den Ausgleich schaffen?

Nach einem kurzen Geplänkel an der Mittellinie hatte Wolle schon wieder den Ball ergattert. Er rannte los und mit ihm die gesamte Mannschaft: Henning, Ben, Hermann und Steffen. Zu fünft bauten sie sich in der gegnerischen Hälfte auf und versuchten die Gelben mit langen Pässen auszutricksen.

Da bekam Wolle wieder den Ball von Steffen. Endlich tat sich vor ihm eine Lücke auf. Mit Schmackes schoss er den Ball aufs Tor – und traf die Latte, dass sie nur so schepperte. Ein Aufraunen ging durchs Publikum.

Der Ball titschte ins Spielfeld zurück, geradewegs einem Gelben vor die Füße, der auch schon mit ihm davondribbeln wollte. Aber Steffen setzte ihm nach, fing den Ball noch vor der Mittellinie ab und passte ihn an Wolle weiter, der gab ihn halblinks raus an Henning ab. Henning dribbelte los, immer weiter Richtung Eckfahne, denn zwei Gelbe hatten ihn sofort gehörig in die Zange genommen. In seiner Not dübelte er den Ball dem einen Gegenspieler einfach durch die Beine – irgendwo ins Blaue hinein.

Doch Ben hatte aufgepasst. Mit einem Sprint war er blitzschnell zur Stelle. Dann rannte er mit dem Ball los. Sofort jagten drei Gegenspieler auf ihn zu und versuchten ihm den Ball wieder abzunehmen. Aber da waren sie bei Ben an der falschen Adresse. Er umdribbelte die Gelben einfach, so wie er die Slalomstangen umdribbelt hatte: Rechts, links, rechts, links … Dabei wechselte er den ballführenden Fuß.

Jetzt brauchte er nur noch den Torwart auszutricksen. Ben schoss. Der Ball flog los, titschte noch einmal kurz auf dem Boden auf und drehte sich ins Netz – unhaltbar für den Torwart!

„Toor!“, schrie Herr Schnürschuh begeistert und riss die Arme hoch. Aber dann ließ er sie ganz schnell wieder sinken. Die Spieler aus der 4 A schauten auch schon ganz komisch. Herr Schnürschuh war doch der Unparteiische!

Die Blauen rasten zu Ben. Er wurde so fest von allen Seiten gedrückt, dass er fast keine Luft mehr bekam. Es war der Wahnsinn! Eben hatten sie noch 2:0 zurückgelegen. Und jetzt stand es auf einmal unentschieden!

Die Blauen steckten die Köpfe zusammen. „Jetzt aber noch mal voller Einsatz!“, raunten sie sich zu. Dann rannten sie in die eigene Hälfte zurück für den nächsten Anstoß.

Aber die Gelben waren jetzt voller Kampfgeist.

Sie wollten den Sieg, das spürte man. An den Ball war kaum noch ranzukommen und die Gegner waren aus dem Strafraum vor Ackis Tor fast nicht mehr wegzukriegen. Zweimal konnte Acki nur mit Mühe verhindern, dass der Siegestreffer fiel.

Herr Schnürschuh blickte schon auf seine Uhr. Die offizielle Spielzeit betrug noch zwei Minuten.

Da gelang es Steffen seinem Gegenspieler den Ball sauber vom Fuß zu grätschen. Hermann übernahm ihn und schlug ihn auf die andere Seite zu Ben herüber. Der sah aus dem Augenwinkel, dass Wolle an der Mittellinie völlig freistand. Also versuchte er es einfach und passte den Ball in Wolles Richtung.

Wolle war in null Komma nichts an der Stelle, wo der Ball landete. Er stoppte den Ball. Dann kniff er das linke Auge zu und drosch das Leder mit voller Wucht über den halben Platz zielgenau ins Tor. Der Torwart war so überrascht, dass er nicht mal zuckte.

Da kamen auch schon Henning, Ben und die anderen Spieler angerannt. Alle warfen sie sich auf Wolle, der ächzend zu Boden plumpste. „Tor! Tor! Tor!“, brüllten die Blauen wild durcheinander. Und Acki ließ einfach sein Tor im Stich. Er raste zu Wolle und warf sich auf ihn. „Tor! Tor! Tor!“, brüllte er strahlend.

Nach Wolles Treffer dauerte das Spiel nur noch 30 Sekunden. Dann pfiff Herr Schnürschuh ab. Die 4B war Pokalsieger! Mit 3:2 hatte sie die gelbe Mannschaft geschlagen.

Da rannten die Fans einfach auf den Platz – auf Herrn Egerlings kostbaren Rasen. Alle schrien durcheinander und jeder drückte jeden.

Und Marina sagte zu Henning: „Zum ersten Mal, dass ich Fußball spannend fand."

Bei der Preisverleihung hielt der Direktor eine Rede. Er sagte etwas von „elf Freunden", von „der Ball ist rund" und „nach dem Spiel ist vor dem nächsten" oder so ähnlich. Aber die Jungen waren viel zu aufgeregt, um richtig zuzuhören.

Danach überreichte Herr Schnürschuh der Mannschaft den Pokal. Er gab jedem die Hand und strahlte, als hätte er selbst den Pokal gewonnen. Henning, Wolle und Ben hatten das Gefühl, dass er ihnen die Hand ganz besonders fest drückte.

Auch Frau Sonnenbühl gratulierte. Und diesmal funkelten die Augen hinter ihrer Brille vor Freude, als sie Henning und Ben die Hand schüttelte.

Dann machte Herr Rieger noch ein Foto von der Siegermannschaft. In der Mitte stand Ben, der den Pokal festhielt. Links neben ihm stand

Henning und grinste breit in die Kamera. Rechts hatte Wolle seinen Arm um Ben gelegt.

Natürlich war in der Umkleide der 4 B die Hölle los. Alle redeten aufgeregt durcheinander. Jede einzelne Spielszene wurde noch einmal ausführlich besprochen. Aber nach und nach löste sich alles auf. Es war sowieso langsam Zeit fürs Mittagessen. Henning, Wolle und Ben waren die Letzten.

„Und was machen wir jetzt?", fragte Henning. Die drei saßen auf der Mauer am Schulhof und baumelten mit den Beinen.

„Wir können doch eine Konsole bauen", sagte Ben. „Mein Vater kommt heute erst spät nach Haus. Da können wir seinen Werkzeugkasten benutzen ..."

„Hä?", fragte Wolle. Er hatte keine Ahnung, was das sein sollte, eine Konsole.

„Eine Konsole ist ein ganz kurzes Wandbrett, gerade so groß, dass ein Pokal draufpasst", erklärte Ben. „Die hängen wir in der Klasse direkt neben die Tafel und stellen den Pokal drauf."

„Genial!", sagte Henning mit leuchtenden Augen.

„Bloß", sagte Ben. „Dafür brauchen wir ein Holzbrett."

„Mensch, Leute!", sagte Wolle und rutschte ganz aufgeregt von der Mauer herunter. „Bretter sind kein Problem. Mein Vater kennt doch den Herrn Ederer. Der hat bestimmt ein Brett übrig!"

„Au klasse!“, sagte Ben. „Was meint ihr, wie Acki und die anderen gucken, wenn wir in der Klasse mit der Konsole aufkreuzen?!“

„Die platzen vor Freude“, sagte Henning.

Die drei strahlten sich an.

Aber erst wollten die Jungs was essen. Denn sie hatten mittlerweile einen Bärenhunger. Ben schlug vor, zur Pommesbude zu gehen.

Doch Wolle sagte, dass es heute bei ihm zu Haus Dampfnudeln mit Vanillesoße gab. Das war nämlich sein absolutes Lieblingsessen und das wollte er auf keinen Fall verpassen.

„Aber bestimmt freut sich meine Mutter, wenn ich noch jemanden mitbringe“, sagte Wolle zu Ben.

Da sagte Henning, dass er auch Lust auf Dampfnudeln hatte.

Sie gingen dann zu dritt Dampfnudeln essen. Denn Freunde teilen alles, was gut ist. Und die Dampfnudeln von Wolles Mutter waren immerhin die besten, die man sich vorstellen konnte.